Franz Brentano

Aristophanes und Aristoteles: oder über ein angebliches Privilegium der alten attischen Komödie

Antigonos

Franz Brentano

Aristophanes und Aristoteles: oder über ein angebliches Privilegium der alten attischen Komödie

Unveränderter Nachdruck der Originalausgabe von 1873.

1. Auflage 2024 | ISBN: 978-3-38699-087-5

Antigonos Verlag ist ein Imprint der Outlook Verlagsgesellschaft mbH.

Verlag: Outlook Verlag GmbH, Zeilweg 44, 60439 Frankfurt, Deutschland
Vertretungsberechtigt: E. Roepke, Zeilweg 44, 60439 Frankfurt, Deutschland
Druck: Libri Plureos GmbH, Friedensallee 273, 22763 Hamburg, Deutschland

Aristophanes und Aristoteles

oder

über ein angebliches Privilegium der alten attischen Komödie

von

C. Brentano

Dr. phil.

(Abdruck aus dem Oster-Programm der Selektenschule zu Frankfurt am Main nebst einem Nachtrag.)

Berlin,

Weidmannsche Verlagshandlung.

1873.

In den Prolegomena zum Homer hat F. A. Wolf gelegentlich *) darauf hingewiesen, wie spät doch die Hellenen in der Poesie dazu gelangt seien, Kunstwerke von einheitlicher, gleichmäßig durchgearbeiteter Form herzustellen. Es war wohl in einer Stunde des Zweifels an der Stichhaltigkeit seiner kritischen Forschungen, wo Wolf von seinem homerischen Arbeitsfelde aus über sämmtliche noch vorhandenen griechischen Dichterwerke Umschau hielt und dabei zu dem Ergebniß kam, daß ähnlich wie dem Homer auch den übrigen griechischen Dichtungen eine eigenthümliche Mangelhaftigkeit der Gesammtcomposition anhafte. Diese Wahrnehmung, ein beredtes Zeugniß von dem umfassenden Scharfblick des genialen Kritikers, der uns zuerst den Homer „zerriß", blieb, wie so manche andere seiner leicht hingeworfenen Ideen ohne sonderliche Beachtung **), obwohl sie von der größten Tragweite war und sich vortrefflich dazu eignete,

---

    *) Ed. I. p. CXXV. n. 91. Omnino vero utilissimum esset, undecunque collecta unum in locum habere, quae in libris veterum vel praecepta de aret poëtica, vel iudicia de poëtis suis sparsim leguntur. Docerent ea, ni fallor, cum optimis, quae exstant, carminibus comparata, quam sero Graeci in poesi didicerint totum ponere, ac ne Horatium quidem, qui illud praecipit, eius praecepti eosdem fines ac nostros philosophos constituisse. Erunt haec praecipue ei disquirenda qui dramata Graecorum ad antiquae artis leges exigere volet.

    **) L. Dissen hat in der Anz. v. W. Müller's „Homerischer Vorschule" in den Götting. Anz. 1827 St. 3. 4 (Kl. lat. u. deutsche Schriften, Göttingen 1839, S. 328) freilich behauptet: jenen Satz von W „kann heut zu Tage unmöglich unterschreiben, wer genauer zugesehen"; allein die Begründung dieses Widerspruchs gegen W. ist augenscheinlich eine sehr nichtige, wenn D. hierbei auf die verlorenen Gedichte des epischen Cyclus, auf die Lyriker und auf Aristophanes [!] hinweist.

die moderne wissenschaftliche Kritik schon früher in die richtigen Bahnen zu leiten. Allein diese Vernachlässigung ist nicht ganz unerklärlich. Waren doch bald nach dem ersten Hervortreten F. A. Wolf's in Deutschland gewisse philosophisch-ästhetische Richtungen zur Herrschaft gelangt, welche allmählich die Mehrzahl der normal angelegten Geister der Aesthetik entfremden mußten und welche ihr bis auf den heutigen Tag in dem engeren Kreis der Alterthumsgelehrten fast nur Geringschätzung statt Begünstigung erwirkt haben. Wenn es jetzt noch classische Philologen in erheblicher Anzahl gibt, die das athenische Volk, das wie kein anderes die Aesthetik gefördert hat, in den feinsten und verborgensten Zügen seiner Geistesanlage zu verstehen glauben, die aber dennoch die ästhetische Beurtheilung eines antiken Litteraturwerkes für eine bloße Spielerei, wenn nicht für etwas Schlimmeres ansehen*), so ist die Ursache dieser Geringschätzung vorzugsweise in dem Einflusse jener verderblichen Tagesströmungen zu suchen**). Unter ihnen sind zwei besonders hervorzuheben: die hegelianische mit ihrer Sucht alles Seiende und Nichtseiende, mithin auch die Lehre vom Schönen, auf das Prokrustesbett ihrer Systeme und in die spanischen Stiefel ihrer schwer verständlichen Phraseologie zu zwängen***) — und sodann die romantische, welche zwar durch das Hervorziehen halbvergessener oder gänzlich unbekannter älterer und neuerer Litteraturschätze, durch die vielseitige Anregung der dichterischen Phantasie und durch die Bereicherung unserer deutschen Litteratur um eine freilich sehr eng zu begrenzende Gruppe besserer poetischer Productionen sich unleugbare Verdienste erworben hat, die aber gleichzeitig durch die Proclamirung der subjectiven Willkür, der emancipirten Genialität und der alles Positive und Reale negirenden Ironie auch in der Aesthetik

---

*) Zu der kleinen Zahl der Andersdenkenden gehörte bekanntlich auch der eben genannte Dissen, der den trefflichen Ausspruch gethan hat: „Die Erkenntniß des Schönen ist die erhabenste Aufgabe der Philologie; denn die vollendetste Darstellung des Schönsten in schönster Form ist das Wesen des hohen classischen Styls, und alles Begreifen, welches beim Einzelnen stehen bleibt, ist nothwendig leer." (kl. Schriften S. XVIII.)

**) Daß ähnliche Einflüsse sich auch früherhin in störender Weise geltend machten, lehrt eine Aeußerung von Winckelmann Geschichte der Kunst, IV. 2 §. 5 (Sämmtliche Werke. Donaueschingen 1825. 4. B. S. 43 f.) „Wie ist es aber geschehen, da in allen Wissenschaften gründliche Abhandlungen erschienen sind, daß die Gründe der Kunst und der Schönheit wenig untersuchet geblieben? Mein Leser! Die Schuld davon lieget in der uns angeborenen Trägheit, aus uns selbst zu denken, und in der Schulweisheit. Denn auf der einen Seite sind die alten Werke der Kunst als Schönheiten angesehen worden, zu deren Genuß man nicht zu gelangen verhoffen kann, und die deswegen in einigen die Einbildung leichthin erwärmen, aber nicht bis zur Seele bringen: und die Alterthümer haben nur Anlaß gegeben, Belesenheit auszuschütten, der Vernunft aber wenig Nahrung [verschafft] oder gar keine. Auf der anderen Seite hingegen, da die Weltweisheit größtentheils geübet und gelehret worden von denen, die durch Lesung ihrer düstern Vorgänger in derselben der Empfindung wenig Raum lassen können, und dieselbe gleichsam mit einer harten Haut überziehen lassen: hat man uns durch ein Labyrinth metaphysischer Spitzfindigkeiten und Umschweife geführt, die am Ende vornehmlich gedienet haben, ungeheure Bücher auszuhecken und den Verstand durch Ekel zu ermüden."

***) Vergl. das Urtheil von Th. W. Danzel: Ueber den gegenwärtigen Zustand der Philosophie der Kunst und ihre nächste Aufgabe. Ges. Aufsätze, herausgegeben von O. Jahn. Leipzig 1855. S. 50 f.

ben excentrischen Launen und der Zuchtlosigkeit Thor und Thür öffnete und die Gewinnung
einfacher und naturgemäßer Grundgesetze, wie sie z. B. in den trümmerhaften Ueberresten der
antiken Kunstlehre noch so nachdrücklich hervortreten, lange Zeit unmöglich machte *). Unklarheit
in den Ansichten über das Wesen, den Zweck und die Mittel der Kunst, und demgemäß Un-
sicherheit in der Beurtheilung der Kunstwerke rissen immer mehr ein. Die von unseren Clas-
sikern angebahnte Gewöhnung an bestimmte Forderungen der Kunstlehre wurde wieder
verlassen. Wie sehr unter diesen Schwankungen des Geschmackes die neuere Poesie zu leiden
hatte, zeigt am deutlichsten das Drama, das ja unter allen Umständen eine strenge geistige
Zucht und eine gewissenhafte und geregelte Verwendung der technischen Kunstmittel erfordert. Die
Erkenntniß, daß das neuere deutsche Drama ungeachtet der ansehnlichen Productivität unserer
Dichter und der achtungswerthen poetischen Kraft einiger ihrer besseren Leistungen sich doch noch
immer nicht recht aus den unteren Stufen eines schwächlichen Epigonenthumes emporringen kann,
hat nachgerade ernste Aufmerksamkeit erregt. G. Freitag**) vor Allen hat in sehr beherzigens-
werther Weise den Warnungsruf erschallen lassen und mit Nachdruck darauf hingewiesen, daß

---

*) Die beste Widerlegung dieses unnatürlichen Standpunctes läßt sich bekanntlich ben der frühesten
Epoche der Romantik angehörigen Schriften der beiden Schlegel entnehmen, z. B. ben Abhandlungen Fr
Schlegels „Ueber die Grenzen des Schönen" und „Ueber das Studium der griechischen Poesie", in welchen
das formale Element der Kunst noch seine angemessene Geltung findet und als Ziel der Kunst die Ob-
jectivität der Antike hingestellt wird. Wichtige Stellen daraus hat M. Schasler Aesthetik, Berlin
1872. I. 2. S. 785 ff. angeführt.

**) Die Technik des Dramas. 2. Aufl. Leipzig 1872. s. die Widmung und S. 2: „Der Dichter der Gegen-
wart ist geneigt, mit Verwunderung auf eine Methode der Arbeit hinabzusehen, welche den Bau der Scenen,
die Behandlung der Charaktere, die Reihenfolge der Effecte nach einem überlieferten System fester technischer
Regeln einrichtete. Leicht dünkt uns solche Beschränkung der Tod eines freien künstlerischen Schaffens. Nie
war ein Irrthum größer. Gerade ein ausgebildetes System von Detailvorschriften, eine sichere in nationaler
Gewohnheit wurzelnde Beschränkung in der Wahl der Stoffe und Bau der Stücke sind zu verschiedenen
Zeiten die beste Hülfe der schöpferischen Kraft gewesen. Ja sie sind, so scheint es, nothwendige Vorbe-
bingung jener reichlichen Productivität, welche uns in einigen Perioden der Vergangenheit räthselhaft und
unbegreiflich erscheint. Noch erkennen wir, daß die griechische Tragödie eine solche Technik besaß und daß
die größten Dichter nach Handwerksregeln schufen, welche zum Theil allgemein waren, zum Theil Eigenthum
bestimmter Familien und Genossenschaften sein mochten." — S. 3 von der ausgebildeten Technik: „Leicht wird
solche Begrenzung in spätern Jahrhunderten als Hinderniß einer vielseitigen Entwicklung aufgefaßt. Aber
gerade wir Deutschen könnten uns ein abschätzendes Urtheil der Nachwelt recht gern gefallen lassen, wenn
wir nur jetzt die Hülfe einer gemeingültigen Technik besäßen. Denn wir leiden an dem Gegentheil
einer engen Begrenzung, an übergroßer Zuchtlosigkeit und Formlosigkeit, uns fehlt ein nationaler Styl, ein
bestimmtes Gebiet dramatischer Stoffe, jede Sicherheit der Handgriffe u. s. w." — Auch F. Th. Vischer
Aesthetik III. 2, S. 1417 f. stellt als die bis jetzt noch ungelöste Aufgabe des neueren deutschen Dramas hin:
„Shakespeare's Styl, geläutert durch wahre, freie Aneignung des Antiken"; er erwartet noch den „clas-
sisch gereinigten deutschen Shakespeare"; die deutsche Nation soll Shakespeare, dieses „wunderbare,
aber noch mit nordischer Formlosigkeit behaftete Muster mit dem andern ewigen Muster, dem classischen", zusammenfassen.

diese modernen dramatischen Leistungen wirkungslos bleiben müssen, weil sie formlos, zuchtlos und ohne Rücksicht auf die Forderungen der Technik zu Tage geförbert werden.

In der classischen Philologie konnte bei dieser Lage der Dinge neben der mächtig empor-blühenden Realakribie (und dem in ihrem Gefolge sich hervorbrängenden „handwerksmäßigen Betrieb der Studien", gegen den von berufener Seite schon mehrfach ernstlich Einspruch erhoben wurde) die ästhetische Kritik freilich nicht zu Ansehen gelangen. Das Interesse für sie blieb ein so geringes, daß bis jetzt noch nicht einmal die vor nun fast achtzig Jahren ergangene Auf-forderung F. A. Wolf's: die Reste der alten Kunstlehre und die zerstreuten Urtheile der Alten über ihre eigenen Dichter zusammenzustellen und alsdann mit diesem Maßstabe ein-mal die noch vorhandenen griechischen Dichtungen abzuschätzen, in ihrem vollen Umfange erfüllt worden ist.

Und doch wird jene Forderung von Tag zu Tag brängender, indem bei den einzelnen alten Autoren, Dichtern wie Prosaikern, eine Fülle kritischer Beobachtungen sich anhäuft, durch welche auf die praktischen Kunstanschauungen dieser Autoren einstweilen das bedenklichste Licht fallen muß. Immer deutlicher wird die Erkenntniß, daß zwischen den Fundamentalsätzen der antiken Kunstlehre und den in vieler Hinsicht so mangelhaften antiken Productionen ein unbegreifliches Mißverhältniß obwaltet.

Namentlich gilt dies für das griechische Drama. Zu den unbestrittensten Axiomen auch der modernen Aesthetik gehörte bisher bekanntlich der Satz von der hohen Vollendung des grie-chischen Dramas. Das Lob des Aischylos, Sophokles und Euripides ertönt aus jedem Munde. Ehrfürchtig neigt vor diesen Autoritäten auch der selbstbewußteste Dichterling der Neuzeit das Haupt. Und wer hat es auch jemals zu leugnen vermocht, daß die Dichtungen jener Meister gar viele größere oder kleinere Partien aufweisen, die mit wunderbarer Formvollendung und reichem, ewig lebendigen Gedankeninhalt begabt sind, Partien, die für die Entwickelung der künstlerischen und geistigen Elemente der modernen Kultur von nicht zu unterschätzender Bedeu-tung waren? Sieht man sich freilich die noch vorhandenen Dramen auch einmal daraufhin an, welche unter ihnen sich wohl als wahrhafte Musterstücke herausgreifen ließen, so fällt selt-samerweise das Ergebniß ungemein spärlich aus. Rückt man sich aber nun gar jene wenigen Auserlesenen in die richtige Sehweite, um ein billiges und unbefangenes Urtheil über sie fällen zu können, so kommen noch viel seltsamere Dinge zum Vorschein. Jeder Gebildete, der heut-zutage, mit den unumgänglichen allgemeinen Vorkenntnissen versehen, eines jener alten griechischen Dramen zur Hand nimmt, weiß im Voraus, daß er weit mehr als bei der Lektüre der fremd-länbischen Dramen unserer Neuzeit den religiösen, socialen und politischen Anschauungen der hellenischen Dichter Rechnung tragen muß. Auch in ästhetischer Hinsicht wird er sich hüten, über so manche Dinge kurzer Hand abzuurtheilen, die dem hellenischen Geschmack und den an-tiken Bühnenverhältnissen augenscheinlich entsprechender gewesen sein mußten als den modernen. Wenn aber nach so vielen Rücksichten und Einschränkungen bei der ästhetischen Analyse selbst der gerühmtesten Dichtungen zuletzt doch stets noch ein ganz bedeutendes Residuum übrig bleibt, dessen Unverbaulichkeit dem gesunden Menschenverstand und den einfachsten Geschmacksregeln — — der höheren Kunstanforderungen ganz zu geschweigen — die größten Beschwerden verursacht, dann wird das Urtheil des unbefangenen Lesers nothwendigerweise ein schwankendes und verworrenes. Er verliert gar bald das wirkliche Interesse an jenen Werken und wird sich in der Regel halb widerwillig den Urtheilsprüchen jener Litterarhistoriker fügen, welche im Hinblick auf das Vorhandensein vorzüglicher einzelner Partien innerhalb jener Dramen frischweg die Gesammtanlage derselben preisen und in solcher unkritischen Schönfärberei und gewaltsamen Verherrlichung ihren höchsten Triumph suchen.

Aber auch für den wissenschaftlich geschulten Kritiker kann es bei eingehender Untersuchung alsbald keinem Zweifel unterliegen, daß bezüglich des griechischen Dramas die Wahrnehmung F. A. Wolf's ihre vollständige Richtigkeit habe, insofern man sich an das Thatsächliche derselben hält. Die uns überlieferten Stücke sind in ihrer Gesammtanlage fast durchweg mangelhaft. Etwas anderes ist es nun aber, die zutreffende ursächliche Erklärung dieser Thatsache zu geben. Hierfür hat Wolf ebensowenig geleistet wie die Neueren. Es bleibt fast noch Alles zu thun übrig. Nicht als ob ein großer Theil der hier in Betracht kommenden Anstößigkeiten bei der Erklärnng einzelner Stücke bisher nicht schon vielseitig empfunden, erwogen und besprochen worden wäre; im Gegentheil, die kolossale Menge der sogenannten Textesverbesserungen, Umstellungen, Lückenannahmen und Ausmerzungen, mit denen die neueren Ausgaben — man vergleiche z. B. das Dindorf'sche Corpus der griechischen Dramatiker — überladen sind, beweist, wie viel man an den antiken Meisterwerken auszusetzen hat. Allein wenn man eine Zeit lang glauben konnte, bei der Herstellung des „ursprünglichen Textes" mit den einfachen Hausmitteln der niederen Kritik auszureichen, so stellt sich neuerdings doch die Unzulänglichkeit dieses Verfahrens immer deutlicher heraus und es ist auch bereits die unausbleibliche Reaction des kritischen Conservatismus eingetreten. Derselbe möchte am liebsten alle jene Anstößigkeiten beibehalten, erklären, rechtfertigen. Wie ist aber da zu helfen? Nur eine gründliche, das ganze Gebiet der griechischen Litteratur*) umfassende, von maßvollen Gesichtspunkten der sogenannten höheren Kritik geleitete Prüfung kann, wie schon anderwärts**) von mir angedeutet

____

*) Wie weit auch die römische Litteratur hierbei in Betracht kommt, wird später noch zu erörtern sein.

**) Unabhängig von der Andeutung F. A. Wolf's bin ich, wie in meinen „Untersuchungen über das griechische Drama. I. Th. Aristophanes". Frankfurt a. M. 1871, Vorwort S. Vff. (vgl. auch meine „Erwiderung" im Litter. Centralbl. 1872 Nr. 18. Sp. 490 f.) kurz angedeutet ist, von einer konkreten Einzeluntersuchung über die Wolkenkomödie ausgehend, nach einer kritischen Gesammtbetrachtung zunächst der aristophanischen Stücke, dann der Tragiker und endlich der übrigen classischen Litteraturwerke auf Grund der großentheils schon zerstreut vorliegenden kritischen Sichtungen sowie eigner Untersuchung zu dem Ergebniß gekommen: „daß für die Mehrzahl der tief eingreifenden Umgestaltungen, welche an sehr vielen Stücken der alten Autoren bisher schon nachgewiesen wurden, welche aber allem Anschein nach nur einen

worden, ben richtigen Standpunkt schaffen. Die vergleichende Betrachtung muß hier wie ja in allen Fällen die Wissenschaft vorwärts bringen. Sind die durch die byzantinische Tradition und lediglich durch diese auf uns gekommenen Litteraturwerke, welche so wenig den in den Urtheilen und den Kunstlehren des Alterthums enthaltenen Bestimmungen entsprechen, blos durch die Versehen der Abschreiber, durch die Interpolationen der Schauspieler und andere derartige Störungen verunstaltet worden oder haben sie schwerer wiegende Aenderungen und Ueberarbeitungen erlitten? Welches sind denn eigentlich die sicheren Beglaubigungen ihrer durchgängigen Aechtheit, welches die Momente, die für das Gegentheil sprechen? Diese Fragen müssen endlich einmal gestellt, mit Entschiedenheit in Behandlung genommen und in einer oder der anderen Weise endgültig beantwortet werden.

Darauf näher einzugehen ist jedoch hier noch nicht der Ort, da wir es zunächst nur mit Aristophanes zu thun haben.

Daß Aristophanes einer der begabtesten Dichter aller Zeiten gewesen ist, steht wohl außer Frage. Ein kraftgenialisches Selbstgefühl, eine überaus fruchtbare Phantasie, ein wahrhaft prometheisches Talent in der plastischen Zusammenfügung lebensfrischer Figuren, eine umumschränkte Herrschaft über alle Mittel der höheren und niederen Komik, Kraft, Originalität und Gewandtheit in der Darstellung komischer Situationen, ein immer sprudelnder Witz, eine bald joviale bald übermüthige und tolle Laune, ein durch Klarheit und Anmuth meisterhafter Styl, dabei eine wunderbare Fähigkeit, die derbe, bisweilen rohe Realistik des ganzen Colorits mit einem feinen Zug idealer Lebensauffassung, das heitere Element mit den Eindrücken des ernsten Lebens, insonderheit des politischen Lebens zu durchweben und oft mitten in einer Fluth von Derbheiten und Obscönitäten einen unverkennbaren ethischen Kern hervorschimmern zu lassen — das waren die Eigenschaften und Vorzüge, welche ihm schon im Alterthum den Beifall nicht allein der großen Menge, sondern auch der auserwählteren Geister verschafften und welche gar manchen grämlichen Moralisten über seine kleinen Ungezogenheiten hinwegsehen ließen. Zwar hat kaum irgend ein andrer Dichter des Alterthums neben einer recht geflissentlich zur Schau getragenen Vorliebe für die gute alte Zucht des öffentlichen und privaten Lebens so heftig und so rücksichtslos an den Fundamenten dieser Zucht gerüttelt, aber auch an ihm bewahrheitete sich der Spruch, daß von allen Geistern, die verneinen, der Schalk stets am wenigsten zur Last ist.

Auch die Neueren sind im Allgemeinen geneigt, in diese mildere Beurtheilung des Günstlings der Grazien einzustimmen; sie gehen dem Anschein nach in ihrer Parteinahme für ihn mitunter noch weiter als die Alten.

Bruchtheil der in Wirklichkeit hier vorgekommenen Störungen ausmachen, ein gemeinsamer Ursprung im Beginn der byzantischen Periode anzunehmen sei." — [Die bereits angekündigten beiden folgenden Theile der „Untersuchungen", enthaltend die allgemeinen Erläuterungen zu dieser Hypothese und die kritische Behandlung einer euripideischen Tragödie mußten bis jetzt noch zurückgehalten werden, da der Verfasser während des verflossenen Jahres, zum Theil durch Gesundheitsrücksichten, verhindert war, die letzte Hand anzulegen.]

Nur in einem Punkte kann selbst der wohlmeinendste Richter bei unbefangener Erwägung keine Nachsicht üben. Es ist dies die Gesammtanlage, die Form seiner Stücke. Dieselbe steht nicht allein in auffallendem Widerspruch mit den bekannten strengen Regeln der antiken dramatischen Technik, sondern sogar mit den ziemlich laxen Anforderungen der Neuzeit. Alle jene oben angedeuteten Vorzüge (und was sich sonst etwa noch zum Lobe des Dichters vorbringen läßt) haben — dies springt bei schärferem Zusehen sofort in die Augen — doch immer nur für gewisse größere oder kleinere Partien der einzelnen Stücke volle Gültigkeit. Als Ganzes betrachtet, kann keines der letzteren auch nur für ein mittelmäßiges Drama, geschweige denn für eine Musterkomödie, erklärt werden. Kurz und bündig hat dies W. S. Teuffel*) ausgesprochen: „Endlich die Kunstform des A. betreffend, so darf man bei ihm keine strenggegliederte Oekonomie, keinen regelrechten Plan, keinen stetigen Fortschritt zu einem festen Ziele suchen. Die Exposition zwar ist bei ihm gewöhnlich meisterhaft, das Weitere aber besteht meistens in einem Nebeneinander von komischen Scenen, welche in dem jedesmaligen Hauptgedanken ein Band haben, das der genialsten Freiheit der Bewegung keinen Eintrag thut, und oft genug läßt das Stück gegen Ende hin nach und sinkt einem halb typischen Schlusse zu. Ueberhaupt aber besteht bei der ganzen alten Komödie (im Unterschied von der neuen) die Hauptstärke nicht sowohl in Verwicklungen und deren kunstgerechter Lösung, sondern vielmehr im Witze der Situation selbst; auch ist durch den wunderhaften Grundcharacter der alten Komödie (der mit ihrer Bestimmung als kirchliches Festspiel zusammenhängt) der Dichter über die Forderungen der Verständigkeit (Plan, Wahrscheinlichkeit, Causalzusammenhang, Consequenz ꝛc.) im Voraus hinweggehoben. Kühn, phantastisch, genial, abenteuerlich sind die Stücke der alten Komödie, und dies ist die Regel, der sie folgen.“

Daß bei dieser Sachlage Aristophanes von Urtheilsfähigen niemals für einen wirklichen Dramatiker erklärt werden konnte, ist einleuchtend. Aus dem Alterthum liegt merkwürdigerweise kein Zeugniß vor, aus welchem sich ersehen läßt, wie die antiken Kritiker gerade diese Schwäche des Dichters aufgefaßt haben. Bei den Franzosen der älteren Schule stand er außer anderen Rücksichten auch um jenes empfindlichen Mangels willen geradezu im Verruf**). Von neueren Gelehrten mag hier nur noch eines gewichtigen Belastungszeugen gedacht sein.

F. A. Wolf hat bei der Besprechung der künstlerischen Anlage der Wolken***) in der ihm eigenthümlichen Weise kurz und beiläufig sein geringschätziges Urtheil zu erkennen gegeben, indem er von den übrigen Stücken des Aristophanes als „meistens wahren Stücken“ redet. Indessen haben auch in neuester Zeit ab und zu einzelne Stimmen†), welche von den

---

*) Pauly’s Realencyclopädie unter: „Aristophanes“, 2te Aufl. 1866 I. S. 1628.

**) La Harpe Lycée ou cours de la littérat. Paris 1817 I p. 168 s.

***) Aristophanes Wolken. Gr. und Deutsch. Berlin 1811, Vorr. S. IV.

†) M. Rapp Gesch. des griech. Schauspiels. Tübingen 1862. S. 197: „In den meisten Stücken entwirft er einen Plan und ist unfähig ihn festzuhalten; er vergißt ihn wieder [!]; als der wahrhafte

oben erwähnten ästhetischen Tagesströmungen unbeeinflußt geblieben waren, ihn als Dramatiker auf's schärfste verdammt. Andere dagegen verlegten sich mehr darauf, jenen Widerspruch abzuschwächen. So z. B. G. Bernhardy.*)

Und doch muß derselbe trotz alles Sträubens in Hinsicht auf die späteren Stücke des Dichters das bedenkliche Zugeständniß machen (a. a. O. S. 636): „Zwar glänzt der Komiker auch dann noch mit Fülle des Witzes und liebenswürdiger Laune, doch schafft er mehr Genrebilder und lustige Scenen als ein geschlossenes Kunstwerk, und der früher wenig beachtete [!?] Mangel an strenger Dramaturgie wird bei so lose gefugten Situationen sehr empfindlich."

So unverkennbar das Urtheil Bernhardy's von jener romantischen Grille, daß Genialität mit schrankenloser Willkür, Launenhaftigkeit und Selbstverspottung identisch sei, beeinflußt wird, so klingt doch deutlich genug aus ihm heraus, Aristophanes habe das auch der genialsten Dichternatur zustehende Maß der poetischen Freiheit bei weitem überschritten. Ungeachtet seiner wohlwollenden Gesinnung für Aristophanes kann Bernhardy das Bekenntniß nicht unter-

---

Possenreißer gilt ihm immer der Moment mehr als das Ganze und er gibt häufig seinen Stücken einen Schluß, der das Gegentheil von dem beweist, was er im Anfang sagen wollte. Aristophanes hat also in der That keine Komödien sondern Farsen, Possen geschrieben. Wir müssen es mit dem rechten Namen nennen, um das richtig zu würdigen, was er wirklich geleistet hat."

*) Grundriß der Gr. Litteraturgeschichte. II. 2 (1872) S. 634: „Aristophanes weiß nichts von den Mühen um einen streng gefugten dramatischen Haushalt von Einheiten des Ortes und der Zeit. Seine Charaktere sind ihrer ochlokratischen Natur gemäß geistesverwandt, mehr symbolisch als konkret, und werden nur durch stärkere Farbengebung unterschieden; ebensowenig braucht er die Handlung straff zu spannen und ohne Seitenweg auf ein äußerstes Ziel zu treiben. Eine fortschreitende dramatische Bewegung wurde damals weder gesucht noch ängstlich an Illusion geknüpft; schon die Freiheit der Parabase widersprach, da sie für einige Zeit den Stillstand des Spiels und eine Reihe zwangloser Vorträge dem Dichter verstattet. Er darf vielmehr sein Gewebe dehnen und lockern, wirksame Motive variiren und im Lauf des Dramas wiederholen, den Dialog lässig halten und geschwätzig führen [!], ohne dem beiteren Einfall und der persönlichen Charakteristik einen Platz zu versagen. Die Handlung pflegt daher durchsichtig [?] in einem losen Nacheinander von Scenen sich auszubreiten; sie dient keinem versteckten und verwickelten Plan [?] und kann das Geheimniß einer Katastrophe leicht entbehren. Aristophanes hat in seiner Oekonomie, wie man durchweg in der alten Komödie verfahren mochte, keinen Mechanismus [!] befolgt. Am wenigsten kümmert er sich um Zahl, Umfang und Ebenmaß der Scenen, und fragt nicht, ob sie klein oder lang ausfallen und wie weit sie zum Bau des Ganzen beitragen. Er häuft eine Reihe von Contrasten durch phantastische Gruppen, und darf verbindende Glieder willkürlich überspringen, die kaum angedeutet werden, und Scenen episodisch einlegen: denn da die Welt des Komikers alle [?] Nothwendigkeit ausschließt, so läßt sie für Augenblicke den Verband von Ursachen und Wirkungen vergessen. Man wird also läufiger mit seiner geistreich erfundenen und entwickelten Exposition, dem Vorgrund des Themas, als mit dem dramatischen Ausbau zufrieden sein. Daß aber dieses Reich der Willkür, in der allein die Phantasie des jeder irdischen Fessel entrückten Genius zu walten scheint [!], nicht völlig in der Luft schwebe, sondern in festen Formen sich bewege, dafür sorgt die fixirende Plastik und die Schärfe der typischen Charakteristik."

brücken: daß man nicht mit Unrecht an jenen Stücken die „logische Faßlichkeit und Popularität" vermißt habe! Handelte es sich nun hierbei um einen Dichter, der als der Begründer seiner Kunstgattung am Anfang einer längeren Entwicklungsperiode erschienen wäre und den Standpunkt des noch unbeholfenen Experimentierens (der sogenannten Stegreifversuche) repräsentirte, so wäre kein Wort über die ganze Sache zu verlieren. Da aber gerade im Gegentheil Aristophanes an dem Ende einer solchen Periode auftritt und nach bestimmten Zeugnissen des Alterthums die höchste Stufe derselben erreicht hat, da er ferner kein Romantiker, sondern ein durch und durch hellenischer Dichter war und mithin schon von Natur aus sich ohne Frage dazu angetrieben fühlte, die künstlerischen, besonders die technischen Errungenschaften seiner Vorgänger und seiner Genossen auf dem Gebiete des Dramas zu verwerthen und zu vervollkommnen, da er sodann bei seinen Angriffen auf gewisse Tragiker eine ungewöhnliche Schärfe und Feinheit des ästhetischen Urtheils an den Tag legte, und da endlich einzelne Partien seiner Komödien ein ganz eminentes dramatisches Compositionstalent verrathen, mitunter sogar eine bis in die geringfügigsten Einzelheiten durchgeführte Eurythmie besitzen, so verdient jener seltsame Widerspruch denn doch die sorgsamste kritische Prüfung. Eine solche ist ihm aber bisher noch nicht zu Theil geworden.

Auf die Nothwendigkeit einer eingehenden Erörterung dieser Frage hinzuweisen, war der hauptsächlichste Zweck der kürzlich von mir veröffentlichten „Untersuchungen", in denen zugleich die wie mir scheint einzig rationale Lösung in ihren Grundzügen vorgelegt wird.*) Diese Lösung besteht in der aus einer Reihe von Einzeluntersuchungen gewonnenen Erkenntniß, daß die uns überlieferten aristophanischen Komödien nicht mehr ihre ursprüngliche, vollkommene Gestalt besitzen, sondern in späterer, nachklassischer Zeit überarbeitet und umgeformt sind. Vier Stücke lieferten das vorläufige Beweismaterial für diese Auffassung.

Zunächst die Wolken, welche in neuester Zeit fast unbestritten als eine in der überlieferten Fassung durchaus unfertige und mangelhafte Umarbeitung des ursprünglich in Athen aufgeführten Stückes angesehen wurden, eine Umarbeitung, welche man bisher freilich auf Grund der Aussage eines byzantinischen Grammatikers dem Aristophanes selber beilegen wollte, die aber, wie sich bei tieferem Eindringen in die ganze Sachlage ergibt, in Wahrheit weder von Aristophanes noch von dem vorgeblichen, ad hoc aus der Luft gegriffenen „pietätvollen Nachlaßordner" herrühren kann.

Sodann der Plutos, an welchem die Erklärer von jeher das Ungleichartige und Unvereinbare der Bestandtheile der vorliegenden Bearbeitung so deutlich wahrnahmen, daß sie ihn wenigstens als Uebergangsstück zwischen zwei verschiedenen Kunstperioden des griechischen Lustspiels characterisierten. Auch der sehr schroffe Wechsel von guten und schlechten Partien war der Aufmerk-

---

*) S. oben S. 7 Anm. **.

famkeit der Beurtheiler nicht entgangen.*) Daß sich aber auch zwei gänzlich verschiedene Grundgedanken fast durch das ganze Stück hindurch nachweisen lassen, hatte man noch nicht bemerkt.

Ferner die Wespen, bei welchen jeder Unbefangene beim ersten Durchlesen erkennen
wird, daß dieses Stück in zwei völlig heterogene und auf's lockerste aneinander gereihte Hälften
zerfällt und daß nur die erstere dem Namen einer Wespenkomödie entspricht, ein Umstand, auf
den z. B. ein angesehener französischer Uebersetzer, Poinsinet de Sivry, sich beruft, wenn er die
zweite Hälfte als nicht zu dem Thema der ersteren gehörig geradezu wegläßt.**)

Endlich die Vögel, das Parabestück „unseres" Aristophanes, das glänzendste Denkmal
seiner „hyperromantischen Qualität",***) an welchem hinsichtlich seiner ganzen Composition zu
rütteln alle diejenigen für eine Art von Frevel erklären möchten, welche sich nun einmal mit der
vollständig begrifflosen und unbegreifbaren, in den buntesten Farben romantischer Ueberspannt-
heit schillernden Urtheilen der Neueren zufrieden gegeben haben, zugleich aber ein Stück,
bei dem es sich wie kaum bei einem zweiten schon längst als ein Ding der Unmöglichkeit heraus-
gestellt hat, für seine jetzige Form einen einfachen, faßbaren Grundgedanken nachzuweisen.†)

In allen diesen Fällen fand sich eine Reihe von Anhaltspunkten, theils äußerer, theils
innerer Natur, durch welche sich die Annahme einer hier stattgehabten, tief eingreifenden Ueberarbeitung, resp. Contamination evident nachweisen oder einstweilen wenigstens in hohem Grade
wahrscheinlich machen ließ.

Einer der leitenden Gesichtspunkte bei dieser ganzen Untersuchung war natürlich die Rücksicht auf die strengen Regeln der antifen Kunstlehre. Um dies in der Kürze anzudeuten, war
von mir in der Vorrede (S. IV.) die Frage aufgeworfen worden: „ob es denn angesichts der
rühmenden Urtheile des Alterthums und der fast absoluten Vorzüglichkeit vereinzelter Partien
innerhalb der überlieferten Stücke nicht erlaubt sei, an die alte Komödie überhaupt etwas höhere
formale Anforderungen zu stellen als an eine zusammenhangslose Posse oder an ein wirres und
widerspruchsvolles romantisches Zaubermärchen, ob es demgemäß nicht erlaubt sei, wenigstens
in Bezug auf die einheitliche Composition, auf das Princip des $\ddot{\alpha}\sigma\pi\varepsilon\varrho\ \zeta\tilde{\omega}o\nu\ \dot{\varepsilon}\nu\ \ddot{o}\lambda o\nu$, auf die Einheit des Mythos, wie dies alles ja auch in dem horazischen denique sit quidvis simplex

---

*) K. O. Müller Geschichte der griech. Litter. Breslau 1857. II. S. 253. Vgl. meine „Untersuchungen"
I. S. 110. Zu den daselbst bereits angeführten litterarhistorischen Urtheilen muß nachträglich hinzugefügt
werden das von M. Rapp a. a. O. S. 259 f.: „Es verlohnt sich nicht der Mühe, das Stück zu analysiren"
— — da im Ganzen „ein dramatischer Gehalt nicht anerkannt werden kann u. s. w."

**) S. meine „Untersuchungen" I. S. 174. — Auch Racine in seiner Nachbildung des Stückes benutzt
nur die erste Hälfte.

***) M. Rapp a. a. O. S. 257.

†) Außer den von mir a. a. O. I. S. 144 ff. schon mitgetheilten Proben ist etwa noch zu erwähnen
die Verlegenheitsphrase bei Du Méril Histoire de la comédie ancienne. Paris 1869 I. p. 378: „Les
Oiseaux représentent aussi le Peuple athénien, non plus en fonction sur la place publique, mais
dans sa vie intime, avec l'inconsistence et la mobilité de ses idées, son besoin d'agitation et de
mouvement, son ouverture d'esprit aux impulsions mauvaises.

dumtaxat et unum so einbringlich als elementarstes Erforderniß für jede Dichtung hingestellt wird, etwas größere Ansprüche an einen hellenischen Kunstdichter zu machen.*) Ist doch neuerdings hauptsächlich seit G. Hermann's, F. G. Welcker's und F. Ritschl's Hinweisen auf gewisse symmetrisch gegliederte Partien des Drama mehr und mehr auch das rein formale Moment, die Gebundenheit an strenge, fast starre Compositionsgesetze neben dem freiesten geistigen Aufschwung als ein wesentliches Merkmal der hellenischen Poesie überhaupt erkannt worden."

Daß nun jene Untersuchungen mit ihren so weitreichenden Ergebnissen oder, wie man wohl auch gesagt hat, „mit ihrer revolutionären Tendenz" auf verschiedenen Seiten Widerspruch finden würden, war vorauszusehen. Gehört doch zu ihrer sachgemäßen Beurtheilung eine Unbefangenheit, welche dem in gewissen hergebrachten Vorstellungen alt gewordenen Gelehrten nicht gerade leicht fallen mag. Und wäre andererseits die Sache so klar, daß sie sich wie ein mathematischer Lehrsatz stricte beweisen ließe, so wäre man eben schon längst darauf gekommen. Uebrigens sind Widerspruch und Widerlegung zwei sehr verschiedene Dinge, und mit der letzteren scheint es noch gute Wege zu haben.

Ein Versuch dazu ist unter anderm im Philol. Anzeiger IV. n. 1. S. 27 ff. gemacht worden. Es ist in diesen Blättern natürlich nicht der Ort für eine eingehendere Würdigung weder der von dem anonymen Recensenten dort vorgebrachten einzelnen Ausstellungen, noch seines ganzen Verfahrens, insbesondere der erstaunlichen Virtuosität mit der er zwischen anerkennenden und mißbilligenden Aussprüchen herüber und hinüber schwankt, ohne dabei auch nur ein einziges meiner Detailergebnisse ernstlich zu erschüttern. Nur eine seiner Einwendungen verdient beachtet zu werden, weil sie den Anknüpfungspunkt zu einer Weiterführung der Hauptfrage bietet. Der Recensent vermeint nämlich einen besonders wuchtigen Streich gegen meine Gesammtauffassung durch folgende Bemerkung zu führen (S. 31 f.): „Wehe also dem jetzigen Aristophanes, wenn der verf. recht behält. Aber seine methode ist verfehlt, der ganze stolze bau ruht auf morscher grundlage. Mit dem maßstabe einer ganz neuen willkürlich ersonnenen und in nichts begründeten definition von der alten komödie, wonach dieselbe ihr privilegium, sich über die regeln strenger dramatik hinwegsetzen zu dürfen, verliert, tritt er an den Aristophanes heran, und weil derselbe seinen anforderungen natürlicherweise nicht entspricht, so zerstückt, zerreißt, zersetzt er ihn in einer weise, daß man nicht umhin kann, mit dem gemißhandelten mitleid zu empfinden."

Die Motive, welche diesen Recensenten veranlassen, meine Ergebnisse im Großen und Ganzen zu „perhorrescieren", zerfallen sonach augenscheinlich in Regungen des Gemüthes und in Vernunftgründe.

---

*) Vergl. m. Unters. S. 122: „Auch die aristophanische Komödie beruht, wenn anders sie den Namen eines griechischen Kunstwerks verdiente, auf einer wohlangelegten, consequent durchgeführten, einheitlichen parodischen Intrigue, nicht auf jener nebelnden und schwebelnden, ideen- und zusammenhangslosen Poetasterflunkerei, welche namentlich die Romantiker, allerdings auf Grund der wenigen überlieferten Komödien, als ein Charakteristicum der hellenischen Poesie dogmatisirt haben."

Auf die gemüthlichen Affectionen, die mein Verfahren ihm verursacht hat, nämlich die Furcht vor den Consequenzen und das Mitleid mit dem „gemißhandelten“ Dichter, in einer wissenschaftlichen Erörterung näher einzugehen, wäre Zeitverschwendung. Da indessen Aehnliches mir gelegentlich auch von anderen Philologen in ernsthafter Weise zu bedenken gegeben worden und überhaupt ja tagtäglich den Ergebnissen der höheren Kritik auf dem weiten Gebiete der alten Autoren mit Vorliebe entgegengehalten wird, so mag hier wenigstens mit einem Worte darauf hingewiesen sein, daß, wenn auch allenfalls noch zu F. A. Wolf's Zeit mit derartigen Einwendungen ein Einfluß auf die Forschung ausgeübt werden konnte, doch heutigen Tages, nachdem die Kritik die Kinderschuhe ausgetreten hat, damit auf die Dauer schlechterdings nichts ausgerichtet werden kann. Auch auf ästhetischem Gebiete ist bei der Lösung tiefeingreifender practischer Fragen die Gefühlspolitik durchaus vom Uebel. Wem es daher in diesem Falle darum zu thun ist, durch eine ächt tragische Katharsis Erleichterung und Heilung für jene störenden Gemüthsregungen zu finden, der sei ein für allemal auf die ähnlichen Ergebnisse der kritischen Erforschung der indischen Litteratur oder auch unserer abendländischen Litteratur im Mittelalter verwiesen.*) Dort wird er wohl bei der Betrachtung der oft gar traurigen und wunderbaren Schicksale gewisser seinem specifisch philologischen Gemüthsleben etwas ferner stehenden Litteraturproducte zweierlei einsehen lernen: erstlich daß in unserer unvollkommenen und rücksichtslosen Welt schon gar manches „regelrecht gebaute“ classische Kunstwerk der willkürlichsten Umarbeitung von Seiten späterer, höchst unklassischer Autoren verfallen ist, ohne daß darum die Sonne vor Entsetzen alsbald am Himmel stehen geblieben, ja ohne daß davon auch nur ein merkliches Aufhebens gemacht worden wäre, — und zweitens, daß es eine gründlich verkehrte Methode ist, die geläuterten Ansichten von litterarischer Gewissenhaftigkeit und Ehrfurcht vor fremdem geistigen Eigenthum, wie sie unsere Zeit besitzt und wie sie ein hochgebildetes Zeitalter stets besessen hat, nun kurzer Hand auch auf die unsichern Perioden der geistigen Verkommenheit und des wissenschaftlichen Verfalles zu übertragen und darnach, auf dergleichen naive Voraussetzungen gestützt, schlechtweg zu behaupten: eine willkürliche Ueberarbeitung der altklassischen Autoren beispielsweise in der frühbyzantinischen Zeit sei an sich schon etwas unbenkbares.

Die Vernunftgründe, welche der Recensent gegen meine gesammte Auffassungsweise vorbringt, reduciren sich bei genauer Besichtigung auf den apodictischen Satz:

   die alte attische Komödie hat das Privilegium besessen, sich über die Regeln strenger Dramatik hinwegsetzen zu dürfen.

Ein Privilegium also ist es, auf welches der Recensent sich mit einer gewissen Emphase beruft, ein Privilegium von ungewöhnlicher Tragweite, aber — ein um so bedenklicheres Beweismittel. Hat

---

*) Auch dürfte ein Blick auf die Resultate der kritischen Untersuchungen des alten und neuen Testaments hierbei für den Philologen immerhin belehrend sein. — In allen diesen Fällen möge der Rec. einmal zusehen, wie weit er mit leeren Exclamationen wie die S. 30 geäußerte: „aber kann man auch nur einen augenblick glauben, daß ein mensch — — — den vorsatz faßte u. s. w“ kommen wird.

der Recensent sich wohl auch, was man in diesem Falle von einem Kritiker doch verlangen kann, nach der urkundlichen Beglaubigung dieses „Privilegiums der Formlosigkeit" umgesehen? Hat er seine Aechtheit eingehend geprüft? Ich fürchte nein.

Ich meinerseits habe wenigstens, bevor ich gegen dasselbe auftrat, eine kleine vorläufige Prüfung unternommen und mir über die Gründe, welche zu einer Nichtbeachtung desselben berechtigen, in der Hauptsache einen Ueberblick verschafft. Kompetente und denkende Forscher zu der nämlichen Prüfung der gesammten bisherigen Beurtheilungsweise der aristophanischen Komödien anzuregen, war gerade der wichtigste, ganz bestimmt hervorgehobene Zweck[*]) meiner ersten Veröffentlichung, die freilich bei ihrer skizzenhaften, mehr andeutenden und auf die Absteckung des ganzen Terrains der Forschung gerichteten Anlage keine eingehenden theoretischen Erörterungen, sondern sogleich einzelne practische Nachweise über den wahren Ursprung jenes Privilegiums bringen sollte. Daß dies dem Recensenten nicht klar geworden, daß er, was ich als unbegründete Annahme zu erschüttern versuche, mir mit leichtem Herzen als Thatsache entgegenschleudert, ist zwar eine bedauerliche, jedoch innerhalb der Recensionslitteratur unserer Tage keineswegs vereinzelte Erscheinung.

Um indessen dem wenn auch nur in formeller Hinsicht zu begründenden Vorwurf einer mangelhaften Methode zu begegnen, will ich hier meine theoretischen Gründe für die Nichtbeachtung des angeblichen Privilegiums kurz zusammenfassen.

Ich behaupte also gegen den Recensenten:

    I. Meine Definition der Komödie ist keine willkürlich ersonnene, sondern eine in den Kunstanschauungen des Alterthums wohl begründete.

    II. Das angebliche Privilegium der alten attischen Komödie, kraft dessen dieselbe mit einem ganz besonderen, den allgemeinen Anforderungen der alten Kunstlehre auf's schroffste widersprechenden Maßstab zu messen sei, hat niemals als solches existirt.

I.

Welche Forderungen die antike Kunstlehre im Allgemeinen an ein wahres Kunstwerk stellen mußte, darüber kann eigentlich Niemand im Zweifel sein. Denn obschon in den auf uns gekommenen Bruchstücken der theoretischen Schriften des Alterthums nur eine spärliche Zahl von Anhaltspunkten sich findet, so genügt doch eine einfache Zusammenstellung der wichtigsten von diesen scharf ausgeprägten Trümmern, um dem von der Gedankenblässe der modernen ästhetischen Doctrinen nicht ernstlich angekränkelten Beurtheiler sofort die richtigen Gesichtspunkte an die Hand zu geben. Ordnung und Ebenmaß gelten ziemlich unbestritten als die eigenthümlichen formalen Gesetze aller geistigen und materiellen Gebilde des hellenischen Volkes; für

*) A. a. O. Vorrede S. III. V. — Eine Anzahl anerkennender Aeußerungen von Seiten verschiedener Gelehrten, worunter auch wirkliche Kenner des Aristophanes, bürgt mir übrigens dafür, daß dieser Hauptzweck erreicht werden wird.

die gesammte Kunstthätigkeit desselben waren diese Normen augenscheinlich von der höchsten Bedeutung. Sie verleihen z. B. den Schöpfungen der antiken Plastik das Gepräge der edlen Einfachheit, der erhabenen Ruhe und Sicherheit, der harmonischen Vollendung, mit einem Worte: der Classicität. Mußten doch die Hellenen auf jene Gesetze schon durch das Grundprinzip ihrer künstlerischen Auffassungsweise hingeleitet werden, welches in der Nachahmung nicht etwa bloß der organisch gegliederten Naturprodukte, sondern auch der die Unvollkommenheit der Naturwesen ergänzenden Ideen, des Ideals, beruhte*). Denn „wo die Erscheinungen hinter ihrem Gedanken zurückblieben, schaut der Künstler im Geist, was sie wollten und stellt im Werke die Vollendung nach dem Urbilde her.“ **) Daß man jenen formalen Anforderungen des künstlerischen Schaffens von vornherein mit klarem Bewußtsein oder gar mit vollendeter philosophischer Reflexion nachgekommen wäre, ist selbstverständlich nicht anzunehmen. Im Gegentheil die Fähigkeit der Objectivirung, der Verkörperung des Gedachten überhaupt war bei den Hellenen eine so eminente, daß die Reflexion den rasch voraneilenden practischen Leistungen der Kunst nicht unmittelbar gefolgt zu sein scheint. „Mit je vollkommenerer Schöpferkraft sie also in der That begabt waren, desto weniger wußten sie um dieselbe.“ ***) Die griechischen Künstler arbeiteten allerdings fast von Anbeginn nach jenen formalen Schönheitsgesetzen, ihr Genius war schon in den frühesten Zeiten von denselben durchdrungen und die ihrer Phantasie vorschwebenden Gestalten formten sich fast unwillkürlich nach jenen Maßen. Dies lehrt die Mehrzahl der uns noch erhaltenen Kunstwerke. Aber andrerseits besaß doch auch diese Nation eine so tiefeingewurzelte Anlage zu philosophischer Betrachtung der Dinge, daß es für sie geradezu unmöglich war, längere Zeit hindurch auf dem Standpunct einer rohen Empirie, einer blindlings operirenden Technik zu verweilen. In der That fehlt es auch nicht an Spuren, welche ein schon in früher Zeit hier und da hervorleuchtendes Bewußtsein von den höheren Bedingungen und Anforderungen der Kunst erkennen lassen.

Schon Homeros rühmt von Demodokos, der bei den Phaiaken die Heimfahrt der Achaier besingt, daß er „vollständig und in gehöriger Ordnung“ die Thaten und Schicksale derselben darzustellen weiß.†) Der Philosoph Demokritos aber bezeichnete hinwieder den Homeros als einen gottbegeisterten Sänger, der es verstanden habe, aus den mannigfaltigen Sagen der Vorzeit einen wohlgegliederten Bau zu zimmern.††)

---

*) Z. B. Aristot. Phys. II. 8. 199 a 15 (vergl. 194 a 21. — 381 b. 6. — 396 b 12. — 1447 a 16). — Polit. VII. 17. 1037 a 1. [Der dem Manusc. beigefügte griech. Text der citirten Stellen mußte leider, um den Druck des Programms nicht über Gebühr zu verzögern, in der letzten Stunde weggelassen werden Er wird daher bei einer andern Gelegenheit nachgeliefert werden.]

**) A. Trendelenburg. Das Ebenmaß, ein Band der Verwandtschaft zwischen der griechischen Archaeologie und griechischen Philosophie. Kl. Schriften Leipzig 1871. II. S. 318.

***) Ed. Müller Geschichte der Theorie der Kunst bei den Alten. Breslau 1834 I. S. 5 f.

†) Od. VIII. 486 ff.

††) Dion Chrys. or. 53 init.

Vor allem scheinen die Pythagoräer, welche die Welt als ein wohlgegliedertes, harmonisch geordnetes Ganzes, als einen κόσμος ansahen und das die Welt zusammenhaltende Formenprincip auf Ordnung, Maß und Ebenmaß zurückführten, auch die Elemente des Schönen in die Begriffe der Begrenzung, der Ordnung und des Ebenmaßes verlegt zu haben.*)

Auf Sokrates läßt sich wohl eine Aeußerung in einer der xenophonteischen Schriften**) zurückführen, welche in der Ordnung einen Hauptfactor der Schönheit der Dinge nachzuweisen versucht.***)

Insbesondere aber müssen hierbei die nicht sehr zahlreichen†) Bemerkungen des Platon und Aristoteles in Betracht gezogen werden, von denen der letztere jedenfalls als Vertreter des Höhepunktes der hellenischen Aesthetik anzusehen ist. Wenn nun auch die aristotelische Kunsttheorie ebenso wie die platonische, soweit sich nach den uns erhaltenen fragmentarischen Nachrichten urtheilen läßt, nicht von dem Begriff des Schönen, sondern von dem der Nachahmung ausgegangen ist, wenn auch bei diesen Philosophen der Begriff des Schönen von dem des Guten und des Wahren nicht durchweg scharf und bestimmt abgegrenzt erscheint, und wenn auch (namentlich bei Platon) eine Reihe scheinbarer oder wirklicher Widersprüche in ihren ethisch-ästhetischen Grundanschauungen dem Forscher hemmend in den Weg tritt, so galt ihnen doch zweifelsohne die Schönheit als das wichtigste Gesetz der Kunst.

Als wesentliche Merkmale des Schönen [und zugleich des Guten] bezeichnet aber Platon: Maß und Ebenmäßigkeit, Ordnung und Vollendung; er sieht in demselben überhaupt die höchste formelle und ideelle Vollkommenheit. Jene Momente bilden bei ihm die Grundlage der Weltordnung, insofern der Schöpfer nach der ihm vorschwebenden Idee des vollkommensten Wesens das ursprüngliche Chaos ebenmäßig und harmonisch gegliedert hat,††) sie bilden auch die Grundlage des organisch gegliederten Staatswesens und in beiden Fällen sind sie die Ursache des Wohlgefallens, das durch jene Gebilde bewirkt wird; sie erscheinen end-

---

*) Aristot. Metaph. XIV. 6. 1093 b 11. — Eudorus bei Simpl. Phys. 39 m.

**) Dikon. VIII. 3 ff.

***) Die Ansicht der Stoiker über das Wesen der Tugend, daß sie nämlich in der Consequenz, in der inneren Uebereinstimmung des menschlichen Handelns beruhe, scheint mit ihren ästhetischen Begriffen von dem hohen Werth der Ordnung und Uebereinstimmung, der Harmonie und Symmetrie in den Werken der Natur und der Kunst in Zusammenhang zu stehen. s. Ed. Müller II. S. 190 ff. Im Einverständniß mit dieser Ansicht der Stoiker sagt Cicero de off. I 28: Ut enim pulchritudo corporis apta compositione membrorum movet oculos et delectat hoc ipso, quod inter se omnes partes cum quodam lepore consentiunt, sic hoc decorum, quod elucet in vita, movet approbationem eorum, quibuscum vivitur, ordine et constantia et moderatione dictorum omnium atque factorum.

†) Ed. Müller a. a. O. — G. Teichmüller Aristotel. Forschungen II. Th. Aristoteles Philosophie der Kunst. Halle 1869. S. 124 ff. — Zeller Gesch. der griech. Philosophie II. 605. — J. H. Reintens Aristoteles über Kunst besonders über Tragödie. Wien 1870.

††) Phileb. 64. e. — Polit. 284 a. — Tim. 87 c. — Soph. 228 a. — Tim. 29d—30 c. — Ebendas. 33 b.

3

lich sogar in der platonischen Dialektik *). Aristoteles erwähnt ausdrücklich als die wichtigsten Merkmale des Schönen: Ordnung (τάξις), Ebenmaß (συμμετρία), Begrenzung (ὡρισμένον), von denen das letzte auch die Einheit begreift. Dazu kommt noch die Größe (μέγεθος), gewissermaßen das nothwendige subjective Regulativ zu den drei genannten objectiven Normen. In diesen vier Momenten ist aber zugleich auf die Grundgesetze alles künstlerischen Schaffens hingewiesen und wenn auch heutzutage in den aristotelischen Schriften sich keine zusammenhängende Begründung derselben findet, so fehlt es doch nicht an vereinzelten Aeußerungen, welche ihre fast unbedingte Geltung mit Sicherheit erkennen lassen.**) Nur diejenige Thätigkeit verdient demnach den Namen einer schönen Kunst, die einen rohen Stoff nach den Gesichtspuncten der inneren Zusammengehörigkeit und Folgerichtigkeit, der symmetrischen Gliederung, der Ganzheit und Einheitlichkeit und einer angemessenen Größe formt. Nur so vermag man ein ächtes Kunst= werk hervorzubringen, d. h. ein solches, das von einer bestimmten Idee beseelt erscheint und bei dem sich nichts zufügen, nichts wegnehmen läßt, ***) kurz ein solches, das den Anblick eines organischen Wesens, eines ζῷον ἒν ὅλον gewährt. Und nur dann, wenn der Künstler diese Bedingungen der Schönheit streng einhält, vermag er, was allein ihm Anerkennung verschafft, das Schönste darzustellen.†) Sorgfalt und Genauigkeit in diesem wie in andern Puncten be= fähigen ihn vor allem, die höchste Tüchtigkeit in seinem Fache zu erreichen. ††)

Bei dieser ganzen Auffassungsweise ist es aber unvermeidlich, daß z. B. für die dichterische Thätigkeit der Schwerpunkt in die Gestaltung und Ausprägung des Stoffes gelegt wird. Und in der That versäumt Aristoteles keine Gelegenheit, um die Wichtigkeit dieser Forderung auf's nachdrücklichste hervorzuheben. †††) Nicht das bunte Geflimmer und Geflunker mit geistreichen und

---

*) Trendelenburg a. a. O. S. 326 ff.

**) Metaphys. XIII. 3. 1078 a. 36. — Problem. XVIII. 9. 917 b. 8—12. — Problem. V. 25 (= XXX. 4) 883. b. 6. — Polit. VII. 4. 1326 a. 29—38. — Metaphys. XII. 10. 1075 a. 11—19. — Ebendas. VI. 12. 1038 a. 33. — Rhetor. III. 1. 1403 b. 8. u. c. 13 ff. — Phys. I. 5. 188 b. 15—20. — Ebend. VIII. 1. 252 a 11. — Problem. XIX. 38. — Metaph. XII. 4. 1070 b. 29 — Poet. c. 7. (s. unten). — Top. III. 7. 116 b. 20. — Polit. V. 2. 1302 b. 33. — De anim. gener. IV. 2. 767 a. 16. — Polit. VII. 4. 1325 b. 35—38. — Ebend. V. 8. 1308 b. 10 (vgl. 1—6). — Ebend. III. 13. 1284 b. 7—13. — Problem. XVII. 1. — Problem. V. 22. — Polit. V. 2. 1309 b. 23. — Vergl. Eth. Nikom. II. 2. 1104 a. 11. Eth. Meg. I. 5. 1185. b. 13 u. II. 11. 1210 a. 21. Poet. c. 7. 1450 b. 34— 1451 a. 6. — Eth. Nikom. IV. 7. 1123. b. 6. — Polit. VII. 4. 1326 a. 16—21. — Ebend. b. 22. — Ebend. 1326 a. 34 — b. 12. — Von der Zahl der Freunde Eth. Nikom. IX. 10. 1170. b. 33.

***) Eth. Nikom. II. 5. 1106. b 9—16. — Poet. c. 8. 1451 a. 33. — Vergl. c. 23. — Metaph. IV. 26. 1023 b. 26—36. — Poet. c. 23. 1459 a 15—29. — Vergl. Platon Phaidr. 264 b. [unten S. 19 Anm. ***].

†) So z. B. der Maler Eth. meg. I. 19. 1190. a. 28—33.

††) Eth. Nikom. VI. 7. 1141 a 9—12. cf. c. 5. 1140 b. 21. — I. 1. 1094 a 1. — c. 6. 1097 b. 25.

†††) Poet. c. 6. 1450 a. 15—25. — c. 7. 1450 b. 21—23. — c. 9. 1451 b. 27. — c. 14. 1453. b. 1. — c. 7. 1450 b. 16. — c. 24. 1460 a. 26—34. cf. c. 19. 1456 b. 2. — c. 25. 1460 b. 22. — c. 16. 1454 b. 6. — c. 18. 1456 a. 24. [Analyt. pr. II. c. 27. 70 a. — Anal. post. II. c. 12. — Phys. II. c. 5. 196 b. 10. — De interpr. c. 9. 18 b. 16.] — c. 14. 1453 b. 22. [Pol. VII. 4. 1325 b. 40—1326 a. 5].

erhabenen Gedanken, nicht die Gewandtheit in der Versemacherei, sondern vor allem die künstlerische Behandlung des Stoffes, die Formgebung*) ist es, die seiner Ueberzeugung nach das Wesen der Dichtkunst ausmacht. Der Mythos oder die Fabel ist ihm gleichsam die Seele des dichterischen Kunstwerks, wie er zugleich auch der Zweck, das Princip desselben ist. Namentlich gilt dies beim Drama. Hier erscheint dem Aristoteles der Mythos unbedingt als der wichtigste Bestandtheil. Er soll in erster Linie die Kraft des Dichters in Anspruch nehmen; denn er ist ein Werthmesser seines Talentes. Die Anfänger bringen gewöhnlich in allen übrigen Beziehungen weit früher etwas Vollkommenes zu Stande als gerade in dieser. Den ältesten Vertretern der dramatischen Gattung erging es (im Gegensatz zu den späterhin erschienenen Meistern) ebenso. Wer aber die Gestaltung des Mythos d. h. die Anlage der Handlung ernstlich vernachläffigt, wird, auch wenn die sonstige künstlerische Ausführung (z. B. Characterschilderung, Sprache und Gedankengehalt) seines Stückes nichts zu wünschen übrig läßt, doch seine Aufgabe nicht genügend gelöst haben. Gerade in dieser Beziehung werden die Forderungen der Theorie mit großer Strenge hervorgehoben und nicht einmal die Berufung auf die schon in der ältesten epischen Fassung dem Mythos anhaftende Mangelhaftigkeit wird gestattet. In diesem Falle, meint Aristoteles, ist es die Sache des dramatischen Dichters, einen solchen Mythos richtig und kunstgemäß umzugestalten.

Als Normen für die dichterische Gestaltung des Mythos sind aber unstreitig die oben erwähnten Schönheitsgesetze anzusehen.

Sonach hat wohl im Allgemeinen der zu einem Drama kunstmäßig verarbeitete Stoff nach der Meinung des Aristoteles folgende formale Eigenschaften besitzen müssen:

1. Begrenzung **), durch welche der an sich unbegrenzte Stoff zunächst eine deutlich wahrnehmbare Form und somit eine selbständige Existenz erhält. Von einer wohlangelegten Fabel wird vor allem gefordert, daß sie sowohl zu Anfang als am Ende richtig d. h. zweckmäßig begrenzt sei. Die Begrenzung hat, wie schon bemerkt, zur Voraussetzung die Einheit ($\mu i\alpha$ $\pi\varrho\tilde{\alpha}\xi\iota\varsigma$) und zwar die Wesenseinheit des organisch verbundenen Mannigfaltigen, die unseren Vernunftgesetzen entsprechende begriffliche Einheit, nicht die absolute Einheit; aber andrerseits auch nicht die bloße Einheit der Person, des Trägers der Handlung. Es ist dies anerkanntermaßen die wichtigste und fundamentalste unter den Forderungen, welche die antike Kunstlehre an den dramatischen Dichter stellt.

2. Ordnung,***) durch welche die Reihenfolge der Theile und ihre Stellung zum Ganzen

---

*) $\sigma\acute{v}\nu\vartheta\varepsilon\sigma\iota\varsigma$ oder $\sigma\acute{v}\sigma\tau\alpha\sigma\iota\varsigma$ $\tau\tilde{\omega}\nu$ $\mu\acute{v}\vartheta\omega\nu$. Ueber die Bedeutung von $\mu\tilde{v}\vartheta o\varsigma$ bei Aristoteles handelt erschöpfend: Bahlen Beiträge zu Aristoteles Poetik. Sitzungsberichte der k. k. Akademie in Wien. Phil. hist. Cl. 50 (1865) S. 295ff. Darnach $\mu\tilde{v}\vartheta o\varsigma$ = 1) $\pi\varrho\acute{\alpha}\gamma\mu\alpha\tau\alpha$ Stoff; 2) $\sigma\acute{v}\sigma\tau\alpha\sigma\iota\varsigma$ Composition; mitunter findet auch eine Vermischung beider Bedeutungen statt.

**) Poet. c. 6. 1449 b. 24—29. — c. 7. 1450 b. 23—34. — c. 8. 1451 a. 15—36. — c. 23. 1459 a. 16—24. — c. 18. 1456 a. 10—19. — c. 26. 1462 b. 3—7. — c. 13. 1452 b. 31. 1453 a 12. vergl. auch die Stellen bei R. Euden. Die Methode der aristot. Forschung. Berlin 1872. S. 110 ff.

***) Poet. c. 7. 1450 b. 26 u. 32—36. — c. 8. 1451 a 33. — c. 9. 1451 a. 36—b. 7. — c. 9. 1451 b. 29—32. — c. 9 1451 b. 33—39. — c. 10. 1452 a. 14—21. — c. 11. 1452 a. 22—29 (36—39). — c. 15. 1454 a. 16. — c. 15. 1454

geregelt wird, so daß keines derselben von seinem Platze verrückt werden kann, ohne daß der ganze Organismus leidet. Dieses Gesetz fordert also den Causalnexus zwischen den einzelnen Theilen der Handlung;*) es schließt die dem Stoffe des Dramas fremdartigen Episoden aus, aber ebenso auch die Lückenhaftigkeit in der Aufeinanderfolge, das unvermittelte Aneinanderreihen der Theile. Die Ordnung bewirkt, daß die Einheit zur Ganzheit**) wird. Der dramatische Dichter muß daher bei der Zusammenfügung der einzelnen Theile seines Stoffes auf die Forderungen der Nothwendigkeit oder der Wahrscheinlichkeit (d. h. des Erfahrungsmäßigen, Natürlichen) achten,***) so daß die Gesammthandlung in einer ununterbrochenen, von Willkür und Zufall nicht beeinflußten Entwicklung verläuft. Nur so kann den idealen Schöpfungen des Genius die wichtige Eigenschaft der Naturwahrheit gewahrt werden. Selbstverständlich gilt dieses Gesetz für die verflochtenen Mythen ebenso gut wie für die einfachen. Hier wie dort müssen willkürlich eingefügte, den Causalitätszusammenhang unterbrechende Episoden als kunstwidrig und verwerflich angesehen werden.

3. Symmetrie, welche den Umfang und die Größe der einzelnen Theile der Handlung regelt,†) derart daß sie zum Ganzen in dem richtigen Verhältniß stehen und nicht etwa durch unverhältnißmäßiges Hervorragen oder Zurücktreten als selbständige Gebilde erscheinen, wodurch leicht Störung und Ablenkung bei der Betrachtung des Ganzen verursacht würde. Sie verbietet also dem Dichter die Bevorzugung einzelner Theile der Handlung auf Kosten anderer oder des Ganzen d. h. das übermäßige Ausspinnen der an sich zulässigen Episoden; sie verlangt, daß die einzelnen, nach dem Gesetz der Ordnung an- und ineinander gefügten Scenen sich auch äußerlich als ebenmäßig gegliederte Theile des Ganzen zu erkennen geben.††) Sie trägt wesentlich dazu bei, dem Kunstwerk den Character der Einheit zu wahren und in dem Beschauer jene „Lust an der Harmonie" zu wecken, von welcher Leibnitz sagt, sie sei ein Entzücken der Seele, die nicht weiß, daß sie zählt.†††)

---

a. 33—b. 8. — cf. c. 18. 1456 a. 24. — c. 23. 1459 a. 24. — c. 24. 1460 a. 20—26. — c. 17. 1455 a. 22. — Hierher gehört auch Platon Phaidr. 264 b. und der lucidus ordo des Horaz Ep. II. 3. 40 ff.

*) Teichmüller a. a. O. II. S. 248 bezieht es nur auf die geregelte Folge von Anfang, Mitte und Ende.

**) Metaph. IV. 26. 1023 b. 26.

***) Vergl. Reinkens Aristoteles über Kunst S. 274 ff.

†) Etwas unklar Teichmüller a. a. O. II. S. 249: „Die Symmetrie regelt die Größe der Handlung, daß sie nicht zu klein und nicht zu groß sei, sondern ihr Maß empfange innerlich aus der Nothwendigkeit oder Wahrscheinlichkeit menschlicher Ereignisse und subjectiv aus der Fassungskraft unserer Aufmerksamkeit und Fantasie". — Vergl. Problem. XVII. 1. a. o. a. O. — Platon Phaidr. 264 c. s. oben S. 19 Anm. ***.

††) Windelmann Vorläufige Abhandl. u. s. w. IV. §. 7 bezeichnet als die zwei vornehmsten Begriffe der Schönheit „die Einheit und die Einfachheit harmonisch mit einander verbunden und in den Theilen gleichförmig vereinigt." — Vgl. Gesch. der Kunst IV. 2. §. 22.

†††) Trendelenburg a. a. O. S. 326.

4. **Größe***), welche verlangt, daß der Umfang der ganzen Handlung dem Auffassungsvermögen der menschlichen Sinne angepaßt sei. Sie soll eben in jeder Hinsicht wohlübersehbar sein; eine Forderung, die zwar an den berüchtigten Satz: ἄνθρωπος μέτρον ἁπάντων erinnert, die aber immerhin hier ihre Berechtigung hat. Die Natur erzeugt ihre organischen Producte ohne Rücksicht auf die menschliche Fassungskraft, der Künstler, indem er die Natur nachahmt, arbeitet lediglich für unsere Sinne. Sein Werk soll gefallen, soll dem Beschauer Vergnügen gewähren. Mithin darf es weder durch allzu große Ausdehnung noch durch seine Kleinheit dem Auffassungsvermögen ernstliche Beschwerde bereiten.**) Es muß eben den angeborenen Proportionen der menschlichen Sinne entsprechen. Dabei hat natürlich der Künstler den besonderen Zweck seines Werkes im Auge, so in der Plastik, in der Musik, in der Dichtkunst.***) Welches aber demgemäß in den einzelnen Künsten die richtige Größe des Kunstwerkes sei, darüber entscheidet die Erfahrung. So ist in der Plastik nach vielen Versuchen von Polykletos der Doryphoros†) als Schönheitskanon, als Normalfigur, als Muster des vollendeten Ebenmaßes, das fortan dem schaffenden Künstler zu den mannigfaltigsten Variationen als Grundlage und Anhaltspunkt dienen konnte, aufgestellt worden. Für das Drama findet sich ein bestimmtes Maß der Ausdehnung in den aristotelischen Erörterungen nicht angegeben; es wird nur auf Bestimmungen von relativer Bedeutung aufmerksam gemacht, auf die Faßlichkeit und Uebersehbarkeit.

Jene allgemeinen Grundgesetze des Schönen und der Kunst konnten in den einzelnen Kunstgattungen natürlich nicht auf einmal, nicht durch eine plötzliche Verkündigung als höchste Normen zur Geltung kommen. Bei den frühesten Vertretern wird kein Besonnener erwarten sie schon völlig ausgeprägt vorzufinden. Der künstlerische Genius mußte sich nach und nach zu einer klaren Erkenntniß und sicheren Beherrschung derselben durchringen, indem er immer an das Vorhandene anknüpfte und sich von demselben bestimmen ließ. Um das höchste Ziel zu erreichen, bedurfte es einer allmählichen Entwicklung und Läuterung der Begriffe.

Wenn nun aber endlich nach langen Vorbereitungen das künstlerische Bewußtsein sich zu voller Klarheit über die Anforderungen, die Grundbedingungen und die höchsten Ziele seines Faches emporgeschwungen hatte, war es dann dem schaffenden Genius geradezu verwehrt, sich über die Schranken der herrschenden Theorie hinwegzusetzen? Besaß er nicht auch in Hellas jene Freiheit, jenes Privilegium der Ungebundenheit, das unsere Romantiker so eifrig verherrlichen und das sie z. B. in den Schöpfungen des Aristophanes verkörpert sehen wollen? Diese Fragen lassen sich mit ziemlicher Bestimmtheit beantworten.

---

*) Poet. c. 4. 1449 a. 15—19. — c. 6. 1449 b. 25. — c. 7. 1450 b. 25. — c. 7. 1451 a. 6—15.— c. 18. 1456 a. 15. — c. 23. 1459 a. 30—34. — c. 24. 1459 b. 17—31. — c. 26. 1462 a. 17—b. 3. — Rhet. III. 9. 1409 a. 30—b. 4.

**) vergl. Teichmüller a. a. O. II. S. 194 ff. 322 ff.

***) Poet. c. 14. 1453 b. 10. — Rhet. I. 11. 1371. b. 4.

†) Brunn Geschichte der griech. Künstler I. S. 219. — Overbeck Gesch. der griech. Plastik I. 1869 S. 344 f. — vergl. auch Goethe der Sammler und die Seinigen. B. 30. S. 361.

Allerdings hatten die Alten im Allgemeinen eine sehr hohe Meinung von dem Genius des Künstlers und seinem Wirken. Sie hielten z. B. die Begeisterung des Dichters für einen Zustand göttlicher Begnadung, in welchem derselbe gleich den Weissagern und Sibyllen einer höheren Erkenntniß fähig sei.

Von Demokritos namentlich wird mehrseitig berichtet, daß er die Dichtergabe als einen Ausfluß göttlicher Begeisterung angesehen habe, als eine Art Wahnsinn oder Raserei oder genauer, daß seiner Meinung nach überhaupt Niemand ein guter Dichter sein konnte ohne die Fähigkeit der Ekstase.*)

Auch Platon redet von dem dichterischen Wahnsinn, ohne welchen selbst die vollendete technische Schulung nichts Bedeutendes leiste. Im Phaidros **) rechnet er ihn zu den vier Arten des göttlichen Wahnsinns oder der höheren Ekstase und verherrlicht ihn auch sonst mehrfach als die Quelle der schöpferischen Kraft, ja selbst des natürlichen Talentes.***)

Bei Aristoteles finden sich Spuren †) einer ähnlichen Beurtheilung des dichterischen Enthusiasmus. Allein andrerseits gilt es doch auch gerade diesem Aesthetiker als ausgemacht, daß, um wahrhaft künstlerische Leistungen zu Stande zu bringen, selbst zu der vortrefflichsten natürlichen Begabung (εὐφυΐα) ††), die das Zweckmäßige und Richtige herauszugreifen, das Ueberflüssige und Verkehrte zu meiden versteht, zu der reichsten Kraft der schöpferischen Phantasie noch Andres hinzutreten muß, nämlich: eine bestimmte technische Vorbildung, eine klare Einsicht und Erkenntniß bezüglich der angemessensten Gestaltung des Kunstwerkes und eine feste Gewöhnung oder Methode.†††) Das blinde, von einem regellosen Enthusiasmus geleitete Treffen des Richtigen widerstrebt dem Wesen der ächten Kunst fast ebensosehr wie in der Ethik

---

*) Cicero de orat. II. 46. Saepe enim audivi, poetam bonum neminem (id quod a Democrito et Platone in scriptis relictum esse dicunt) sine inflammatione animi existere posse et sine quodam afflatu quasi furoris. — de divinat. I. 34. Negat sine furore Democritus quenquam poetam magnum esse posse. — Hor. ep. II. 3, 295. Ingenium misera quia fortunatius arte credit et excludit sanos Helicone poetas Democritus, bona pars non ungues ponere curat etc. — Klem. Alex. Strom. VI. a. E.

**) 245 A. (Vergl. Shakespeare Mids. n. dream V. 1: The poet's eye, in a fine frenzy rolling etc.)

***) z. B. Sympos. 209 A. — Apol. 22 B. — Ges. III. 682 [ironisch gehalten ist Jon. 534ff.] Vergl. E. Müller a. a. O. I. 43 ff.

†) Rhet. III. 7. 1408 b. 19. — Poet. c. 17. 1455 a. 32. — Problem. XXXI. 954 a 38. — Vgl. Teichmüller a. a. O. II. S. 428 ff. I. S. 126 ff. — Schasler Aesthetik I. S. 146 ff.

††) Top. VIII. 14. 163 b. 13—16. — vergl. Pindar Olymp. II. 155. IX. 151. — Longin de subl. II. 6. — Hor. Ep. II. 3. 408 ff.

†††) Poet. c. 24. 1460 a 5 (vergl. c. 14. 1454 a 11). — Polit. I. 10. 1258 b. 35f. — Eth. Nikom. V. 15. 1138. b. 1. — Metaph. VII. 5. 1047 b. 31 [vergl. 1046 b. 35]. Eth. Nikom. I. 10. 1099 b. 16—25. Phys. II. 2. 194 a. 21. (De part. anim. I. 1. 641 b 21.) — Polit. VIII. 1. 1337 a 18. — Eth. Meg. I. 18. 1190 a. 10 ff. — Metaph. [VI. c. 7. 1032 a 12 f. 29 ff. — XI. 3. 1070 a 6 ff.] I. 1. 981 a 3—7. Ebendas. 30. — Eth. Nikom. VI 4. 1140 a. 9—14. 21. — Poet. c. 1. — Rhetor. I. 1. 1354 a 6—11. — Ueber die Redekunst und die Künste überhaupt Isokrates geg. d. Soph. 294. a. — vergl. Stob. S. 29, 66. — Aehnlich Hegel Aesthetik I. S. 363.

das instinktive Treffen des Guten ($\varepsilon \dot{v} \tau v \chi \iota \alpha$) der vollkommenen, mit Ueberlegung ($\varepsilon \dot{v} \beta o v \lambda \iota \alpha$) geübten Tugend;*) es ist geradezu als das Gegentheil derselben, als Kunstwidrigkeit anzusehen.

Jener Naturalismus, jenes rein instinktive Schaffen ist nach Aristoteles nur in der Periode der ersten Entwicklung der Kunst unbedingt anzuerkennen, in welcher besonders begabte Naturen durch sogenannte Stegreifversuche allmählich auf die Erkenntniß der wahren Gesetze und Formen der Kunst ($\sigma \chi \eta \mu \alpha \tau \alpha$, $\varepsilon \ddot{\iota} \delta \eta$) hingeleitet werden. **) Der ganze Entwicklungsgang geht in der Regel nur schrittweise von statten. Das Schwierigste und darum auch das Verdienstvollste ist hierbei der Anfang, ***) das Aussprechen des ersten Wortes. Das Uebrige ergibt sich (natürlich unter der Voraussetzung, daß das Samenkorn auf den fruchtbaren Boden einer künstlerisch begabten Volksnatur gefallen ist) gewissermaßen von selber. Die Erfahrung entscheidet, ob ein Versuch gelungen sei oder nicht. So oft aber wirklich bessere Formen und Gesetze zu dem Vorhandenen hinzuerfunden sind, erlangen sie eine allgemeine Geltung. Damit wachsen und veredeln sich auch die Ideale. Durch allmähliches Hinzufügen und durch Reflexion über die guten Errungenschaften und die Fehlgriffe gelangt man nicht allein zu einer festen Technik, zu einer practischen Fertigkeit, sondern auch zu dem klaren Bewußtsein von dem ächten Ideal, zu dem rationalen Kunstgesetz†), welches nunmehr einen entscheidenden Einfluß ausübt und dem überquellenden Strome des Genius die nothwendigen Schranken setzt. Auch aus der gelegentlich hingeworfenen, höchst merkwürdigen Aeußerung des Aristoteles: daß die Kunst nicht überlege, ††) läßt sich vielleicht entnehmen, wie hoch er den absoluten Werth und die Wirkungskraft der auf jenem Wege gefundenen allgemeinen Kunstgesetze anschlägt, da sie hier neben die zweckmäßige Wirksamkeit der schaffenden Natur gehalten werden. Jedenfalls gelten sie ihm als feste Axiome der Technik, an denen nicht gerüttelt werden darf, welche zwar der Phantasie und der Erfindungsgabe des Künstlers, besonders bei der Auffassung und Ausführung des Einzelnen, einen genügenden Spielraum lassen, welche aber gleichzeitig seinen Genius mit eiserner Strenge unter ein heilsames Joch beugen, da er ohne dasselbe seine Kraft zweck- und erfolglos vergeuden würde. Nun erst nach einem längeren Ent

---

*) Eth. Nikom VI. 10. — Eth. meg. II. 8. — Eth. Eudem. VII. 14. s. Teichmüller a. a. O. I. 127 II. 429 f.

**) Poet. c. 4. 1448 b. 20—27. — c. 4. 1449 a. 9—15. — c. 5. 1449 a. 24. 37—b. 4. — c. 14. 1454 a. 9—13.

***) De Soph. el. XXXIV. vgl. Polit. 2. 1253 a. 30. — Teichmüller a. a. O. II. S. 384 ff. vergl. auch Goethe: Diderot's Versuch über die Malerei. B. 29. S. 393. 399 u. a. — Briefw. zw. G. und Schiller 490. 726.

†) Eth. Nikom. VI. 4. 1140 a 6—10. — cf. Poet. c. 1. 1447 a 19. — Polit. I. 13. 1260 a. 18. — Rhet. I. 1. a. o. a. O. — Metaph. I. 1. 981 a. o. a. O.

††) Phys. II. 8. 199 b. 28. (199 a 21) — Vergl. Teichmüller a. a. O. II. S. 392 ff., wo zur Erläuterung herbeigezogen wird: Metaph. I. 1. 981. a. 15. — vergl. Poet. 9. — Reinkens Aristoteles über Kunst. S. 294 ff. weist in eingehender Erörterung nachdrücklich darauf hin, daß die Kunst — nach der Meinung des Aristoteles — über ihre Zwecke allerdings nicht rathschlage (wohl aber über die Mittel zur Erreichung der Zwecke), insofern der Künstler keine seiner Kunst fremden Zwecke setzen dürfe und überhaupt nicht die Wahl zwischen mehreren Zwecken habe. — Vergl. Bernays Grundz. der verl. Abh. d. Arist. über d. Wirk. der Trag. S. 144. — Uebrigens hat es seine Bedenken, die Stelle auch außerhalb der Naturwissenschaften zu verwerthen.

widlungsgang gelangt so die Kunst auf ihren Höhepunkt, nun kann sie dem naturgemäßen Ziele ihrer organischen Entwicklung, gewissermaßen ihrem Ideal, möglichst nahe kommen.*)

Erst jetzt vermag der Künstler Schöpfungen hervorzubringen, die der höchsten denkbaren Vollkommenheit nahezu theilhaftig sind und die ihm, wie z. B. dem Pheidias für seinen Zeus in Olympia, neben vielen überschwänglichen Lobeserhebungen auch das ehrenvolle Zeugniß eintragen,**) daß Niemand, der das Werk einmal gesehen, sich den Gegenstand leicht anders vorstellen könne, oder daß, wenn das Dargestellte überhaupt Realität besitze, es genau so und nicht anders aussehen müsse.

Alsdann aber ist eine Art von Stillstand natürlich unvermeidlich. Das gefundene Kunstgesetz herrscht; die Meisterschaft des ausübenden Künstlers erprobt sich nun durch die Art, wie er sich unter dieser Herrschaft mit einer gewissen Selbständigkeit zu bewegen weiß. Eine leichte Abirrung, ein Verstoß gegen jenes Gesetz wird dabei immer einmal mitunterlaufen.***)

Sobald jedoch die Anforderungen der anerkannten Regeln zu Gunsten eines besonderen Effectes oder aus zu großer Nachgiebigkeit gegen den ungeläuterten Geschmack der Menge ernstlich und andauernd vernachläßigt werden,†) beginnt der Verfall, die Willkür, die Zuchtlosigkeit.

Aus dieser kurzen, auf Vollständigkeit keinen Anspruch machenden Hervorhebung der wichtigsten Grundlinien der antiken Kunstlehre erhellt nicht allein, welche Anforderungen man in Hellas während der Blüthezeit der Kunst an ein wirkliches Kunstwerk im Allgemeinen gestellt haben mochte, sondern auch welch ein schroffer Abstand besteht zwischen der classischen Kunst auf ihrem Höhepunkt und zwischen dem, was man wohl heutzutage als „romantische Kunst“ verherrlicht ††). Das antike Kunstwerk sollte gleich den organischen Gebilden der Natur den Beschauenden beim ersten Blick das sichere, formenstrenge, zweckbewußte und harmonische Walten der ächten Künstlerhand†††) erkennen lassen. Eine schöne Idee in lotteriger, von der bloßen Willkür bestimmten Form zu versinnlichen, war den Hellenen so durchaus zuwider, daß sie ein solches Verfahren als ein Symptom entweder der uranfänglichen Rohheit und Unbehülflichkeit oder aber des vollständigen Verfalles betrachteten.††††) Sie sahen eben in der ächten Kunst eine geregelte, in jedem Moment

---

*) Polit. I. 2. 1252 b. 32. — Poet. c. 4. 1449 a. 14 [vgl. c. 5. 1449 b. 2. und Problem. XVI. 13.]

**) Overbeck, Geschichte der griechischen Plastik. 1869. I. S. 232.

***) Eth. Nikom. VI. 5. 1140 b. 22. (Vergleich zwischen den Vergehungen im Gebiete der Kunst und denen im Gebiete der Moral). — Poetik. c. 25 und c. 17. 1455 a. 25. — [c. 25. 1460 b. 13. 1461. b. 21.] — Vergl. Teichmüller a. a. O. I. 135 ff.

†) Poet. c. 18. 1456 a. 27—32. — c. 9. 1451 b. 36—39. a. o. a. O. — c. 14. 1453 b. 8. — Bezüglich der Entartung der Musik s. Polit. VIII. 6 und 7.

††) Entschieden verkehrter und unhaltbarer Widerspruch gegen obige Auffassung findet sich bei F. v. Raumer Ueber die Poetik des Aristoteles und sein Verhältniß zu den neueren Dramatikern. Histor. Taschenbuch. 1842 Neue Folge III. S. 217 ff.

†††) Aristot. de part. anim. I. 5. 645 a. 10.

††††) Dieses Bewußtsein schimmert offenbar auch noch bei Horaz durch, wenn er (ep. II. 3. 9ff.) den Einwand der Stümper: Pictoribus atque poetis quidlibet audendi semper fuit aequa potestas dahin berichtigt: sed non ut placidis coeant inmitia, non ut serpentes avibus geminentur, tigribus agni etc. Aehnlich anderwärts.

ihres Zweckes sich bewußte Thätigkeit, welche ähnlich wie die Natur lediglich auf diesen Zweck lossteuert und daher jedenfalls in der Hauptsache die Willkür ausschließt — unbeschadet der Bethätigung der Genialität bei der Gestaltung des Einzelnen. Das Wesen der Kunstthätigkeit erschien ihnen gleichwie das des Eros Uranios*) als eine besonnene Begeisterung, eine σώφρων μανία. Der Wahlspruch des wahrhaft genialen hellenischen Künstlers läßt sich in gewissem Sinne durch das Göthe'sche Wort: „Toll, aber klug" ausdrücken und es ist sicherlich für den Stand der dramatischen Kunst der Hellenen um die Mitte des 5. Jahrhunderts bezeichnend, daß Sophokles gegen seinen ehrwürdigen Vorgänger Aischylos die tadelnde Bemerkung äußern durfte: Dieser übe zwar in seiner Kunst das Rechte, aber er thue es nicht mit vollem Bewußtsein.**)

Und soviel ist nun wohl einleuchtend, daß, wenn einmal von den Alten der Kunst die Aufgabe gestellt ist,***) die den Naturerscheinungen zu Grunde liegenden Ideen durch Nachahmung in

---

* Lukian Demosth. enkom. c. 13. Vergl. auch Briefw. zwischen Schiller und Goethe. Nr. 752. 809.

**) Athen. I. 22 a. X. 428 f.

***) S. Reinkens a. a. O. S. 181 ff., wo auch mit Recht an die Bemerkung von Rosenkranz über Goethe's Auffassung erinnert wird: „Die Nachahmung der Natur im Sinn eines Batteur als Copiren der empirischen Wirklichkeit ward von ihm [Goethe] als der falsche Weg anerkannt, das wahre Ideal der Kunst zu realisiren. Die Werke der Natur sind in ihrer Existenz tausendfältiger Bedingtheit preisgegeben, welche die Erscheinung der absoluten Schönheit in ihnen verkümmert. Die Kunst soll ihre Gestalten aller gemeinen Bedürftigkeit, aller Abhängigkeit vom Zufall entheben; sie soll die Ewigkeit der Harmonie von Wesen und Form ausdrücken. Sie soll naturwahr sein, nicht als ein Nachschildern des unmittelbar Gegebenen, sondern als ein Darstellen dessen, was die Natur selber hervorzubringen strebt, was ihr aber, in der Kreuzung so vieler äußerlicher Bedingungen, völlig zu erreichen versagt bleibt. So verfuhren die Griechen." — Goethe hat überhaupt am Besten unter den Neueren das Wesen der hellenischen Kunst erfaßt. „Die Alten, weit entfernt von dem Wahne, daß ein Kunstwerk dem Scheine nach wieder ein Naturwerk werden müsse, bezeichneten ihre Kunstwerke als solche durch gewählte Ordnung der Theile; sie erleichterten dem Auge die Einsicht in die Verhältnisse durch Symmetrie, und so wird ein verwickeltes Werk faßlich." „Der ächte gesetzgebende Künstler strebt nach Kunstwahrheit, der gesetzlose, der einem blinden Triebe folgt, nach Naturwirklichkeit; durch jenen wird die Kunst zum höchsten Gipfel, durch diesen auf ihre niedrigste Stufe gebracht." Ferner in der Besprechung von Diderot's Versuch über die Malerei (B. 29 S. 383 ff.): Diderot geht verkehrter Weise darauf aus, Natur und Kunst zu confundiren, während vielmehr beide in ihren Wirkungen getrennt darzustellen sind (S. 390): „Die Natur organisirt ein lebendiges, gleichgültiges Wesen, der Künstler ein todtes, aber ein bedeutendes, die Natur ein wirkliches, der Künstler ein scheinbares. — — Eine vollkommene Nachahmung der Natur ist in keinem Sinne möglich, der Künstler ist nur zur Darstellung der Oberfläche einer Erscheinung berufen." (S. 395): Die Natur weiß „sich in allen Störungsfällen, obgleich oft kümmerlich genug, in ein gewisses Gleichgewicht zu setzen" und beweist dadurch auf das Kräftigste „ihre lebendige, productive Realität", während die Kunst „auf ihrem höchsten Gipfel keine Ansprüche auf lebendige, productive und reproductive Realität macht, sondern die Natur auf dem würdigsten Punkte ihrer Erscheinung ergreift, ihr die Schönheit der Proportionen ablernt, um sie ihr selbst wieder vorzuschreiben." „Die Natur scheint um ihrer selbst willen zu wirken, der Künstler wirkt als Mensch, um des Menschen willen;" — — — er gibt „dankbar gegen die Natur, die auch ihn hervorbrachte, ihr eine zweite Natur, aber eine gefühlte, eine gedachte, eine menschlich vollendete zurück. Soll dieses aber geschehen, so muß das Genie, der berufene Künstler, nach Gesetzen, nach Regeln

möglichster Vollkommenheit darzustellen, das „Wesentliche, Allgemeine, Ewige, Ideale, das in den einzelnen Dingen und Verhältnissen zur Erscheinung kommt" oder besser: zur Erscheinung kommen soll, bei der Nachahmung der Erscheinungen mehr hervorleuchten zu lassen, als es der Natur selber bei ihren Schöpfungen möglich ist, (nicht, wie A. W. Schlegel meinte, gleich der Natur selbständig schaffend und organisirend lebendige Werke zu bilden, die nicht erst durch einen fremden Mechanismus, wie etwa eine Pendeluhr, sondern durch eine innewohnende Kraft, wie das Sonnensystem, beweglich sind und vollendet in sich selbst zurückkehren) — daß alsdann eine bloß auf Willkür und Zufall begründete Thätigkeit beispielsweise eines Dichters dem

---

handeln, die ihm die Natur selbst vorschrieb, die ihr nicht widersprechen, die sein größter Reichthum sind weil er dadurch sowohl den großen Reichthum der Natur als den Reichthum seines Gemüths beherrschen und brauchen lernt" [Kant: „Genie ist die angeborene Gemüthsanlage (ingenium), durch welche die Natur der Kunst die Regeln gibt."] (S. 398): Das Vermischen von Natur und Kunst ist die Hauptkrankheit, an der unsere Zeit barniederliegt. „Der Künstler muß den Kreis seiner Kräfte kennen, er muß innerhalb der Natur sich ein Reich bilden; er hört aber auf, ein Künstler zu sein, wenn er mit in die Natur verfließen, sich in ihr auflösen will." (S. 401:) Darin aber „liegt einer der größten Vortheile der Kunst, daß sie dasjenige dichterisch bilden darf, was der Natur unmöglich ist, wirklich aufzustellen. So wie die Kunst Centauren erschafft, so kann sie uns auch jungfräuliche Mütter vorlügen, ja es ist ihre Pflicht. Die Matrone Niobe, Mutter von vielen erwachsenen Kindern, ist mit dem ersten Reiz jungfräulicher Brüste gebildet. Ja in der weisen Vereinigung dieser Widersprüche ruht die ewige Jugend, welche die Alten ihren Gottheiten zu geben wußten". (S. 413): „Der Künstler soll nicht so wahr, so gewissenhaft gegen die Natur, er soll gewissenhaft gegen die Kunst sein. Durch die treuste Nachahmung der Natur entsteht noch kein Kunstwerk, aber in einem Kunstwerke kann fast alle Natur erloschen sein, und es kann noch immer Lob verdienen." — Hierher gehören auch die Erörterungen in „der Sammler und die Seinigen" (besonders der VI. Brief) und in dem Gespräch „Ueber Wahrheit und Wahrscheinlichkeit der Kunstwerke" (30. B.) z. B. S. 397: „daß das Kunstwahre und das Naturwahre völlig verschieden sei, und daß der Künstler keinesweges streben sollte, noch dürfe, daß sein Werk eigentlich als Naturwerk erscheine," und „nur dem ganz ungebildeten Zuschauer kann ein Kunstwerk als ein Naturwerk erscheinen". — S. 399: „Ein vollkommenes Kunstwerk ist ein Werk des menschlichen Geistes, und in diesem Sinne auch ein Werk der Natur. Aber indem die zerstreuten Gegenstände in eins gefaßt und selbst die gemeinsten in ihrer Bedeutung und Würde aufgenommen werden, so ist es über die Natur. Es will durch einen Geist, der harmonisch entsprungen und ·gebildet ist, aufgefaßt sein, und dieser findet das Vortreffliche, das in sich Vollendete, auch seiner Natur gemäß." — Ueber die Entwicklung der Goethe'schen Kunstanschauungen gibt einige allgemeine Gesichtspuncte Danzel Goethe und die Weimarischen Kunstfreunde in ihrem Verhältniß zu Winckelmann. Ges. Auff. S. 118 ff.; über ihre Verwandtschaft mit seiner Naturtheorie: Zimmermann Aesthetik I. S. 369 ff. — (Andere hierher gehörige Aeußerungen der Neueren führt J. A. Hartung Lehren der Alten über die Dichtkunst: Hamburg und Gotha 1845 an, z. B. von W. von Humboldt S. 7 ff., 24 f., 31 ff., 43 f., von Schiller S. 44 f.) — Schon Winckelmann hatte übrigens erkannt, daß sich in den griechischen Kunstwerken „nicht allein die schönste Natur, sondern noch mehr als Natur d. i. gewisse idealische Schönheiten" finden, „die, wie uns ein alter Ausleger des Plato lehrt, von Bildern bloß im Verstande entworfen, gemacht sind" und daß das Urbild der griechischen Künstler „eine bloß im Verstand entworfene geistige Natur" war. S. Schasler Aesthet. I. S. 388. 398 ff. — Bei Kant (Krit. d. Urth.) findet sich die Unterscheidung, daß „eine Naturschönheit ein schönes Ding, die Kunstschönheit dagegen eine schöne Vorstellung von einem Dinge" sei.

Wesen der alten Kunst durchaus widersprechen und einen solchen um jeden Anspruch auf den Namen eines wahrhaften Künstlers*) bringen muß.

Das Gesetz der Einheit, Ordnung und Symmetrie ist mithin — und damit kehren wir zu unserem Ausgangspunkte zurück — für die griechische Poesie als wesentlichstes formales Erforderniß anzusehen. Und wenn auch seine strenge Befolgung auf den Beschauer leicht den Eindruck des Starren, Unfreien, ja Schablonenmäßigen macht, so ist es doch, wie Westphal**) richtig hervorhebt, nun einmal für die gesammte griechische Kunst, nicht bloß für die musische, sondern auch für Architectur und Plastik um so mehr maßgebend gewesen, je höher dem Alterthum überhaupt das Ansehen der Form stand und je schwerer ihm die Lossagung von den einmal überlieferten formalen Bestimmungen wurde. —

Soweit die antike Theorie. Wie aber auf Grund derselben eine maßvolle Beurtheilung der erhaltenen Kunstwerke mit einiger Sicherheit sich unternehmen lasse, darüber kann im Großen und Ganzen kaum gestritten werden, zumal wenn man bedenkt, wie scharf und entschieden das ästhetische Urtheil der Alten in der Regel lautete. Um dies zu erkennen, braucht man gar nicht bis zu den alexandrinischen Kritikern und bis zu Horaz und seinen Landsleuten herabzusteigen. Aristophanes und Aristoteles geben ein ausreichendes Material. Wer die derben kritischen Zurechtweisungen, durch welche Aristophanes einen Euripides, Agathon sowie die dramatischen dii minorum gentium dem Gelächter der Menge preisgibt, und andrerseits die feinere, maßvollere Persiflage, welche er bisweilen gegen Aischylos richtet, auch nur einmal im Zusammenhang und mit Ueberlegung überblickt hat, wer ferner die in die aristotelische Poetik eingestreuten kritischen Erörterungen (insbesondere auch das 25 Cap.) nach Gebühr beachtet, wer endlich erwägt, daß Aristoteles seine Kunstregeln nicht etwa als je nach Belieben zu befolgende oder zu vernachlässigende Rathschläge, sondern geradezu als naturnothwendige Bedingungen für die Herstellung wahrhaft schöner Kunstwerke vorführt, der wird bei der Wahl des richtigen Maßstabes kaum fehlgreifen. Man hat in ästhetischen Erörterungen von jeher viel von dem feinen Geschmack, dem sicheren Gehör und dem scharfen kritischen Blick des athenischen Publikums geredet und mancherlei Belege dafür vorgebracht. Schon im Alterthum galt z. B. Athen unbestritten als die hohe Schule der tragischen Dichter.***) Wer immer unter den Hellenen im Drama etwas leisten zu können meinte, der unterwarf seine Erzeugnisse vor allem der Feuerprobe der athenischen Kritik, indem er alsdann im günstigen Falle des Beifalls der Andern sicher war. Daß aber auch das Urtheil der Athener in Sachen der dramatischen Composition ein sehr feinfühliges, um nicht zu sagen empfindliches gewesen ist, dafür gibt es ein schlagendes, bisher freilich noch

---

*) Dessen Aufgabe sich zur Genüge aus der oben S. 23 angeführten aristotelischen Stelle (1140 a 9) ergibt, an welcher die Kunst als eine ἕξις μετὰ λόγου ἀληθοῦς ποιητική definirt ist, oder, wie W. von Humboldt umschreibt: „die Fertigkeit, die Einbildungskraft nach Gesetzen productiv zu machen."

**) Prolegg. zu Aeschylus Tragödien Leipzig 1869 S. 80 gelegentlich der Besprechung des Terpandrischen Nomos und seiner Bedeutung für die musische Kunst. [Pollux 4, 66].

***) Platon Laches c. 6.

zu wenig gewürdigtes Beispiel. In der aristotelischen Poetik*) wird nämlich der dramatische Dichter eindringlich ermahnt, sich bei der Gestaltung des Mythos keine Widersprüche entschlüpfen zu lassen, und zum Beleg für das strenge Urtheil des Publikums ist auf das Mißgeschick des Dichters Karkinos verwiesen. Derselbe hatte in einem Drama den Amphiaraos sich aus dem Tempel entfernen lassen, ohne daß dies dem Zuschauer bestimmt angezeigt wurde und diesem unbedeutenden Versehen hatte er es alsdann zuzuschreiben, daß das Stück durchfiel.

Allerdings könnte man gegen die allzu ernstliche Verwerthung dieses Beispiels einwenden wollen, daß in den uns erhaltenen Tragödien**), den Werken von drei anerkannten Meistern, sich recht erhebliche Verstöße gegen die Regeln der Theorie fänden und mithin eine gleichstrenge Kritik von den Athenern wohl nicht in allen Fällen geübt worden sei. Es ist aber dieser Einwand weder an und für sich noch in Bezug auf die vorliegende Untersuchung von Bedeutung. Denn einerseits muß bei den fraglichen Abnormitäten der überlieferten Tragödien, bevor man sie billigerweise in die Wagschale werfen kann, jedenfalls erst (nach Maßgabe unserer oben S. 7 Anm. erwähnten, für die Mehrzahl der erhaltenen griechischen Autoren gültigen Hypothese) im Einzelnen aufs Genaueste untersucht werden, ob sie der ursprünglichen Fassung der Stücke angehört haben oder etwa erst in Folge einer Ueberarbeitung entstanden sind, andrerseits hat ja die gegenwärtige Auseinandersetzung die beschränkte Aufgabe, lediglich über das Verhältniß zwischen der antiken Theorie und der alten attischen Komödie Klarheit zu schaffen oder mit andern Worten, festzustellen, daß es a priori kein willkürlicher Einfall, sondern eine in dem Wesen der alten Kunstlehre begründete Forderung sei, an die Schöpfungen auch der komischen Muse einen strengeren kritischen Maßstab anzulegen als es bisher der Brauch war. Ob dieser Aufgabe hiermit in der Hauptsache genügt sei, mögen Andere entscheiden.

Nun zu dem Privilegium selber.

II.

Als höchste und wichtigste Aufgabe des kunstgerechten Dramatikers sieht Aristoteles die zweckmäßige, von ganz bestimmten Normen geleitete Behandlung des Mythos, der Fabel an. Wie verhält es sich nun in dieser Hinsicht mit der Komödie? Konnten bei dieser alle künstlerischen Anforderungen auf das gröblichste vernachlässigt werden, ohne die betreffenden Dichter in den Augen des Kritikers jeglichen Anspruches auf den Titel von wahren Künstlern zu entkleiden? Gewiß nicht. Oder konnte etwa gerade in dieser Kunstart dem Einzelnen vorübergehend eine Ausnahmestellung eingeräumt werden, durch welche alle Begriffe von künstlerischer Behandlung des Stoffes über den Haufen geworfen werden mußten? Man sagt so — und stellt

---

*) c. 17. 1455 a. 22.

**) Deren Zahl übrigens in gar keinem Verhältniß steht zu der Fülle von Dramen, welche dem Aristoteles vorlagen. — Vergl. auch Briefw. zw. Schiller und Goethe Nr. 311.

den Satz auf: Die alte attische Komödie hat das Privilegium besessen, sich über die Regeln strenger Dramatik hinwegzusetzen.

Aber mit welchem Rechte behauptet man dies?

Der Glaube an jenes „Privilegium" beruht zunächst auf dem Umstande, daß die wenigen (11) uns erhaltenen Komödien des Aristophanes in ihrer heutigen Gestalt allerdings formlos sind. Nun ist es aber einleuchtend, daß, wenn es sich um eine ernstliche Feststellung des Urtheils über die formale Compositionsart des Aristophanes handelt, vor allem von denjenigen Stücken gänzlich abgesehen werden muß, welche ohne Zweifel contaminirt, d. h. in Folge von Ueberarbeitung und Hinzufügung fremdartiger Bestandtheile ihrer ursprünglichen Form beraubt sind. Nach Abzug derselben (Wolken, Frieden, Plutos) würden somit noch acht Komödien als Substrat der Untersuchung vorliegen. Berücksichtigt man indessen, daß auch bei den Fröschen und den Wespen von anderer Seite der Versuch gemacht worden ist, einige gröbere formelle Mängel dieser Stücke aus dem Gesichtspunkt der Umarbeitung und der Contamination zweier Recensionen zu erklären, und daß die dramatische Anlage derselben bereits die ernstesten Bedenken hervorgerufen hat, so dürften eigentlich nur sechs Stücke als die zuverlässigen Stützen jener eigenthümlichen Kunsttheorie übrig bleiben. Da jedoch nach den gangbaren Schätzungen die Gesammtzahl der von den Dichtern der alten attischen Komödie producirten Stücke sich auf mehr als 300 belaufen hat (auf Aristophanes allein kamen etwa 40—50), so wäre es — von allem übrigen einmal ganz abgesehen — offenbar von vornherein eine recht mißliche Sache, aus der relativ so geringfügigen Zahl der noch vorhandenen Komödien jene Schlußfolgerung zu ziehen und von einem „Privilegium" der alten attischen Komödie mit derselben Zuversicht wie von einem mathematischen Axiom zu reden.

Gesetzt aber auch daß man auf gegnerischer Seite, um Weitläufigkeiten zu vermeiden, das „Privilegium" vorerst nur bei der Beurtheilung des Aristophanes in Anschlag bringen wollte, — wird alsdann eine methodische Kritik sich mit der scheinbaren Garantie begnügen, welche die in ihrer Unversehrtheit bisher noch nicht angezweifelten sechs Stücke darbieten? Gewiß nicht! Denn Thatsache ist: 1) diejenigen Stücke unseres aristophanischen Nachlasses, welche deutliche Spuren von Ueberarbeitung oder Contamination tragen, sind formlos; 2) die bisher noch für intact gehaltenen sind gleichfalls formlos. Hieraus aber zu schließen: folglich muß die Kunstpraxis des Aristophanes überhaupt das Privilegium der Formlosigkeit besessen haben, wäre einseitig und übereilt. Vom Standpunkt der Logik vollkommen berechtigt ist auch der andere Schluß: folglich können die bisher noch nicht verdächtigten Stücke ebenfalls überarbeitet und contaminirt sein*). Und da nun die Geschichte der Tradition unseres Autors in

---

*) Beiläufig sei hier nur daran erinnert, daß Jahrhunderte hindurch recht scharfsichtige und gelehrte Männer z. B. in formeller Hinsicht keinen tiefgreifenden Unterschied zwischen den Wolken, die doch jetzt ziemlich allgemein als ein unfertiges und stümperhaft zusammengeflicktes Machwerk gelten, und den übrigen Stücken des Aristophanes wahrnahmen. Man war eben consequent im Nichtsehen.

gewissen Zeiträumen so dunkel und undurchsichtig ist, daß am Ende doch Niemand für die Aechtheit und Unversehrtheit der uns heutzutage vorliegenden Dichtungen geradezu einstehen kann,
so ist die vollständige Schlußfolgerung: folglich könnte die Formlosigkeit allenfalls nur als ein
Merkmal der Ueberarbeitung d. h. der erhaltenen, überarbeiteten Stücke, nicht auch der verlorenen, anzusehen sein, — einstweilen unanfechtbar. Wer also aus der Formlosigkeit der
vorhandenen Stücke sich ein allgemein gültiges Privileg unseres Dichters abstrahiren will, der
muß unbedingt noch anderweitige Beglaubigungen für dasselbe nachweisen*), wenn
seine Ansicht vor jener anderen, logisch ebenso berechtigten etwas voraushaben soll.

Findet sich denn aber überhaupt bei irgend einem alten Schriftsteller ein klares, zuver-
lässiges Zeugniß für die Realität jenes wunderlichen Privilegs? Nach der großen
Zuversicht, mit welcher z. B. der oben erwähnte Recensent auftritt, sollte man meinen, derartige Zeugnisse müßten auf allen Wegen zu Dutzenden herumliegen. Allein dem ist keineswegs
so. Ich habe fast sämmtliche litterarische Handbücher, welche diesen Punkt berühren, und die
meisten Specialschriften durchforscht, ohne ein solches zu entdecken**). Vielleicht sind aber Andere
im Besitze einer so wichtigen Nachricht und werden mich alsdann eines Besseren belehren. Bis
dies geschieht, möchte ich mir die Behauptung erlauben: es gibt keines!

Aber — wird man einwenden — wenn auch nicht für die Realität, so müssen sich doch
zweifelsohne für die Probabilität jenes angeblichen Privilegiums irgendwelche bedeutsame
Anhaltspunkte innerhalb der Entwicklungsgeschichte des griechischen Dramas nachweisen
lassen. Wie hätte es sonst unter den Neueren zu solcher Geltung kommen können? Indessen
auch diese Voraussetzung dürfte sich als unzutreffend erweisen.

Derartige Anhaltspunkte könnten sich einerseits in der Wirkung zeigen, welche das
Privilegium auf die Nachfolger, resp. Nachahmer unseres Dichters geübt haben müßte,
andrerseits in den Zuständen und Erscheinungsformen der attischen Komödie, wie sie Aristophanes
zur Zeit seines ersten Auftretens vorfand; also bei seinen Vorgängern und älteren
Zeitgenossen.

Hinsichtlich der erstgenannten Möglichkeit darf man es kurz und bestimmt aussprechen, daß
sie durch keinerlei Zeugnisse aus dem Alterthum bestätigt wird. Nichts deutet darauf hin, daß
das fragliche Privilegium auf die Entwicklung der attischen Komödie in der nacharistophanischen

---

*) Natürlich wird dies Niemand von derjenigen Classe von Gelehrten verlangen, welche, mit einem
tiefen Abscheu vor den destructiven Tendenzen der kritischen Forschung erfüllt, überhaupt einzuwenden pfle-
gen: Jene Stücke liegen nun einmal in solcher Fassung vor; folglich darf man auch auf diese das Urtheil
stützen — was beiläufig bemerkt ebenso absurd ist, wie wenn ein Archäologe heutzutage — nach Winckelmann — den Kunstwerth gewisser antiker Meister lediglich nach den mit ihrem Namen versehenen Statuen,
die auf uns gekommen sind, beurtheilen wollte, ohne Rücksicht auf die Möglichkeit späterer Ergänzungen.

**) In der jüngsten Zeit hat freilich Jemand versucht in die Worte eines byzantinischen Grammatikers
(bei Bergk Ar. com. Lips. 1867. prolegg. III. 3) durch Conjectur etwas Derartiges hineinzutragen;
davon jedoch später.

Zeit von Einfluß gewesen ist. Es müßte also — seine Realität einmal vorausgesetzt — mit dem Ableben des Dichters jedenfalls erloschen sein. Denn wenn auch die Nachfolger des Aristophanes, die Vertreter der mittleren und der neuen attischen Komödie, deren Schöpfungen uns leider nicht erhalten sind, gewisse Stücke jenes Dichters, wie glaubwürdig berichtet wird,*) zum Muster genommen haben, so kann doch aus den zerstreuten Fragmenten ebensowenig wie aus den indirecten Zeugnissen der Nachweis erbracht werden, daß diese späteren Dichter in irgend einem Falle die strengen Anforderungen der antiken dramatischen Technik entschieden vernachlässigt d. h. Stücke ohne allen einheitlichen Plan, ohne eine gewisse Causalitätsverknüpfung, ohne gleichmäßige Characteristik der Personen u. a. dgl. geliefert hätten. Im Gegentheil der Contrast zwischen dieser jüngeren Komödiengattung und dem, was man auf Grund der überlieferten Stücke für aristophanische Kunstleistung ausgab, galt gerade in Rücksicht auf die formale Composition bisher gemeiniglich als ein recht erheblicher **).

Er soll unter anderm auch aus dem bekannten Fragment des Antiphanes***) mit Evidenz hervorgehen, worin derselbe über die schwierige Lage der Komödiendichter klagt. Glückselig zu preisen sind die Tragiker, ruft er aus. Ihre Stoffe sind dem Publikum wohlbekannt. Sie brauchen nur den Namen Oidipus zu nennen, so weiß auch schon ein Jeder, worum es sich handelt. Desgleichen bei dem Namen Alkmaion, Adrastos u. A. Wer kännte nicht die Sippschaften dieser Heroen und ihre Thaten. Und wenn wirklich einmal der Geist jene Künstler verläßt und ihre Sache so verfahren ist, daß sie nichts mehr zu sagen wissen, dann helfen sie sich mit der Theatermaschine. Wir aber, wir armen Komödiendichter, besitzen keinerlei derartige Hülfsmittel. Bei uns muß Alles erst nagelneu erfunden werden: die Namen, die Voraussetzungen, die augenblickliche Lage der Dinge, der Umschlag, der richtige Anfang u. s. w. Eine kleine Unterlassungssünde in einem von diesen Punkten und das Stück ist verloren.

Wenn man aber diese Stelle dahin ausgelegt hat, Antiphanes hebe hier mit vollem Bewußtsein hervor, daß die jüngere Komödie mehr Sorfalt auf die künstlerische Behandlung des Stoffes verwende als die alte, so war dies unbedingt über das Ziel hinausgeschossen. Nicht um einen Gegensatz zwischen alter und neuerer Komödie, sondern zwischen Tragödie und Komödie

---

*) Bergk a. a. O. prolegg. I 10. XII 1. 10.

**) Bode Gesch. der dramatischen Dichtkunst II S. 395 bezüglich der mittleren Komödie: „Dazu kam, daß die Beschränkung des Chores, für welchen die reicheren Bürger Athens nicht mehr die Kosten bestreiten wollten, die Dichter zwang, die Stelle der persiflirenden Chorgesänge und der Parabasen durch eine mehr organische Ausbildung und Verknüpfung der Scenen zu ersetzen u. s. w." K. O. Müller Gesch. d. griechischen Litteratur. Breslau 1857 II S. 266: „Die Sicilische Komödie ging in ihrer kunstreichen Ausbildung der Attischen um ein Menschenalter voraus, und doch ist der Uebergang zu der sogenannten mittleren attischen Komödie leichter vom Epicharm als von Aristophanes, der sich selbst in dem Stücke, das dahin neigt, sehr unähnlich erscheint." Und ebend. S. 279 f.

***) Bei Athen. VI. p. 222.

überhaupt handelt es sich hier. Die Tragödie hatte einen doppelten Vortheil: erstlich die Befugniß die in ihren Grundzügen allgemein bekannten Stoffe des alten Mythos mit seinen populären Heroengestalten zu verwenden und sodann die Möglichkeit, vermittelst der Theatermaschine die allzugroßen Schwierigkeiten der tragischen Conflicte im Nothfall zu lösen. Dem gegenüber war es die Aufgabe der Komödie, ihre Stoffe selbständig zu erfinden und die selbstgeschaffenen Verwicklungen auch kunstmäßig zu lösen. Daß diese Aufgabe der alten Komödie in geringerem Grade zugekommen sei, wie der neueren, wird Niemand aus dieser Stelle herauszulesen vermögen. Aristophanes selber rühmt an mehreren Stellen mit großem Selbstgefühl die Sorgfalt seiner dichterischen Mache, die Neuheit seiner Erfindungen und anderes derart. Freilich gelang es ihm weit eher das Interesse der Zuschauer zu fesseln, wenn er eine bekannte Persönlichkeit auf die Bühne brachte, aber der Erfolg des Stückes war wie bei den Späteren hauptsächlich von der Art der Ausführung abhängig. Wenn man daher erwägt, daß die Dichter der alten Komödie einer= seits eine reichere Productionskraft und Genialität, andrerseits eine größere Freiheit der Be= wegung besaßen, während die Jüngeren außer den vielfachen Beschränkungen bezüglich der Be= handlung öffentlicher Fragen und Persönlichkeiten in der That durch keine übermäßige dichterische Befähigung hervorragten, so wird die Bedeutung jener Stelle vollends klar. Ein Eupolis, ein Aristophanes würden auch unter der veränderten Lage des attischen Theaters im vierten Jahr= hundert noch geniale Leistungen hervorgebracht haben, ein Antiphanes hatte unter derselben doppelt zu leiden. Seine oben erwähnte Aeußerung — soweit sie überhaupt eine ernsthafte Auslegung verdient — ist eigentlich in der Hauptsache nichts andres als der Schmerzensschrei der dichterischen Impotenz, als das Geständniß, daß er und seine Genossen es sich mit der Beschaffung der Komödienstoffe recht sauer werden ließen, was ihnen allerdings auch von andrer Seite*) her bezeugt wird.

Von einer Hervorhebung seiner kunstgemäßeren Behandlung der Stoffe im Gegensatz zur alten Komödie ist also hier durchaus nicht die Rede.

Wie verhielt es sich aber andrerseits mit den Vorgängern des Aristophanes und mit dem Stande der komischen Kunst bei seinem ersten Hervortreten?

Um hierüber einige Klarheit zu gewinnen, stehen uns zwei wichtige Hülfsmittel zu Gebote: die aristotelische Poetik und die von unbekannten Grammatikern aus einigen ästhetischen und litterar= historischen Schriften des Alterthums angefertigten Excerpte.

1.

Die Ansichten des Aristoteles über die Komödie sind bekanntlich in der heutigen, ziem= lich zerrütteten und lückenhaften Fassung der Poetik leider nur zum kleinsten Theile erhalten.**)

---

*) Bergk a. a. O. prolegg. III 14: — Aehnlich erklärt sich das Wort des Menander bei Plutarch de glor. Athen c. 7. vergl. Hor. Ep. II. 1. 168 ff.

**) Was freilich gewisse hypergeniale Aesthetiker nicht abgehalten hat, allerlei unberechtigte Folgerungen ex silentio dem Aristoteles aufzubürden; z. B. Ph. J. Geyer Studien über tragische Kunst. II. Leipzig 1861 S. 43: „Hätte nämlich Aristoteles unter der Reinigung die Reinigung der Leidenschaften verstanden, so wäre

Gerade diejenige Partie, welche in zusammenhängender Darstellung von dem Wesen, dem Zweck, den Mitteln und den Theilen der Komödie gehandelt zu haben scheint, ist verloren gegangen. Nichtsdestoweniger sind die wenigen directen Aeußerungen über die Komödie, welche sich heutzutage noch vorfinden, für unsere Frage von entscheidender Bedeutung, falls man sie nur mit vorurtheilsfreiem Auge betrachtet.

Aristoteles bemerkt, daß die Anfänge der Komödie in den altherkömmlichen Phallosliedern wurzelten; von diesen habe man sie sozusagen durch Stegreifversuche allmählig losgelöst.*) Aber bezüglich der frühesten Entwicklungsphasen, welche nun im weiteren die Productionen des komischen Chores durchlaufen hatten, vermochte schon dieser älteste Vertreter der litterarhistorischen Forschung sich keine genügende Aufklärung zu verschaffen.**) Er fand zwar die Namen komischer Dichter erwähnt von dem Zeitpunkt an, wo diese Kunstart die Elementarstufe der Stegreifversuche wirklich überwunden und eine deutlichere dramatische Gestaltung angenommen hatte, allein die Details über ihre technische und stoffliche Fortbildung durch einzelne hervorragende Meister, wie sie ihm z. B. für die Tragödie vorlagen, waren nicht mehr aufzutreiben. Nur über einen Punkt vermag er bestimmte Auskunft zu geben.

Die Kunst einen Komödienstoff dramatisch anzulegen und dichterisch zu gestalten, stammt aus Sicilien. Epicharmos und Phormis übten dieselbe zuerst. Sie setzten „an die Stelle des früheren Possenspiels das regelrechte Drama.“***) Unter den Attikern aber verließ zuerst

gar nicht abzusehen, warum er diese Reinigung bei der Komödie nicht viel nachdrücklicher noch erwähnte als bei der Komödie“! Man vergl. auch S. 74, wo (in allzu wohlfeiler Nachbeterei der unhaltbaren Lessing'schen Behauptung, daß die uns erhaltene aristotelische Poetik für ein ebenso unfehlbares Werk anzusehen sei wie die Elemente des Euklides) die auf den Nachweis der gründlichen Verderbniß dieser Schrift gerichteten Bemühungen so vieler unserer tüchtigsten Gelehrten kurzweg als „einfältige Faselei“ bezeichnet werden. — Ein besonnenes Urtheil über die muthmaßlichen aristotelischen Ansichten von der Komödie gibt dagegen Zimmermann Aesthetik I. S. 114 f.

*) Poet. c. 4. 1449 a. 8. Vergl. Athen. XIV. 622. X. 445.

**) c. 5. 1449 a 37.

***) Th. Bergk Griech. Litter. in der Hallischen Encycl. I. LXXXI. S. 372; de rell. com. att. p. 266 sq. 276 sq. — K. O. Müller Dorier II. 354 ff. — Grysar de Doriensium comoedia p. 71 sq. [Die abweichende Auffassung von Lorenz Leben und Schriften des Koers Epicharmos. Berlin 1864, die sich zum Theil auf Meineke hist. cr. p. 59 stützt, kann als beseitigt angesehen werden, vergl. Vahlen Sitzungsber. der k. k. Ak. Wien (1865) hist. phil. Cl. 50, S. 298] — In Uebereinstimmung mit Aristoteles berichtet ein Grammatiker bei Bergk prolegg. III. 5 über die Kunstfertigkeit des Epicharmos. Auch stellt er ihn an die Spitze der alten Komödiendichter. Von Krates erwähnt er zwar §. 8 nicht das καϑόλου μύϑους ποιεῖν. wohl aber ein anderes dem Epicharm entlehntes Characteristicum. (Athen. X. 429 a). Und daß das Excerpt des Grammatikers in §. 8 sehr lückenhaft ist, beweist seine Bemerkung über Pherekrates §. 9, wo das Wörtchen αὖ bezeugt, daß in dem Originalbericht, welcher dem Excerptor vorlag, über den unmittelbar vorher behandelten Krates ähnliches berichtet worden sein muß, mithin an der Uebereinstimmung zwischen dieser Quelle und Aristoteles durchaus nicht zu zweifeln ist. — Uebrigens hat Nesemann zur form. Gliederung der altatt. Kom. Progr. Lissa 1868 S. 15 unnöthigerweise dem Kratinos das Verdienst des Krates vindiciren wollen. Die Angabe des Schol. z. Ar. Ritter 537 steht nicht im Widerspruch mit Aristoteles.

Krates die herkömmliche, alterthümliche Form der komischen Aufführungen, die noch mit der rein persönlichen Satire, mit dem Spottgedicht der Jambisten verwachsen waren, und machte sich an die dramatische Composition von Fabeln und Stoffen allgemeinen Inhalts ($\varkappa\alpha\vartheta\acute{o}\lambda o\nu$). Gerade an dieser überaus bedeutsamen Stelle reißt der Faden der aristotelischen Darstellung ab; sie springt plötzlich auf einen höchst seltsamen Vergleich zwischen dem Epos und der Tragödie über. Die Verderbniß des überlieferten Textes ist hier ganz evident.

Was nun unter der Composition von Stoffen allgemeinen Inhaltes ($\varkappa\alpha\vartheta\acute{o}\lambda o\nu$) oder genauer unter der verallgemeinernden Behandlungsweise der Stoffe zu verstehen sei, darüber spricht sich Aristoteles an mehreren Stellen auf's Deutlichste aus. Einmal verlangt er nämlich*), daß der dramatische Dichter seinen Stoff, sei es nun ein selbsterfundener, sei es ein (durch Sage oder Geschichte) überlieferter, jedenfalls zunächst in seinen allgemeinsten Umrissen gestalte und dann erst das gleichsam noch unpersönliche Gerippe durch passend gewählte Ausfüllung und Umkleidung zu einem wohlgeformten Organismus, gewissermaßen zu einem künstlerischen Individuum herausbilde und zwar so, daß zwischen der individuellen Schöpfung des Dichters und dem in seinen Grundzügen und Hauptmomenten beibehaltenen Mythos völlige Harmonie herrsche. An dem Iphigeneiamythos wird die Eigenthümlichkeit des Verfahrens kurz dargelegt. **)

Daß nun Aristoteles gerade in diesem Verallgemeinern, in dem Idealisiren der Stoffe ein wesentliches Moment aller wahren dichterischen Kunstthätigkeit sieht, ist zweifellos.***) Es hängt dies auf's Engste mit dem seiner Kunstlehre zu Grunde liegenden Begriff der Nachahmung zusammen. Namentlich aber erhält die eben erwähnte Stelle der Poetik eine ganz ausgeprägte Bedeutsamkeit, wenn man sie mit einer anderen†) verbindet, an welcher als die wichtigste Aufgabe der Poesie das Verallgemeinern, das Idealisiren der Stoffe nach den Gesetzen der Wahrscheinlichkeit oder Nothwendigkeit ($\varkappa\alpha\tau\grave{\alpha}$ $\tau\grave{o}$ $\varepsilon\mathit{i}\varkappa\grave{o}\varsigma$ $\mathring{\eta}$ $\tau\grave{o}$ $\mathring{\alpha}\nu\alpha\gamma\varkappa\alpha\tilde{\iota}o\nu$) hingestellt wird im Gegensatz zu der Geschichte, welche die Dinge so darzustellen habe, wie sie in Wirklichkeit sich zutrugen. Um diesen Gegensatz zu verdeutlichen, wählt Aristoteles gerade die komische Poesie. Die Jambisten, meint er, behandelten in ihren Spottliedern und Possen Thatsachen aus dem Leben einzelner allgemein bekannter Personen, welche sie mit ihrem wahren Namen benannten und genau in derselben Weise und unter denselben Umständen vorführten, durch welche sie sich

---

*) c. 17. 1455 a 34—b 15.

**) Andere höchst lehrreiche Belege für diese Seite des künstlerischen Schaffens stehen der Neuzeit in dem Briefwechsel zwischen Schiller und Göthe zu Gebot und es läßt sich dort auch an kleineren Dichtungen z. B. bei den Kranichen des Jbykus deutlich verfolgen, wie ein an sich unbedeutender, ja dürftiger Stoff (bei Suidas und Plutarch) unter der Einwirkung jenes Compositionsgesetzes zu einem üppigen Organismus anschwillt. f. besonders Nr. 359. 360. 362. 365. 366 b. 367. 368.

***) Metaph. I 981 a 15. Rhet. I 2. 1356 b 28. $o\mathring{v}\delta\varepsilon\mu\acute{\iota}\alpha$ $\delta\varepsilon$ $\tau\acute{\varepsilon}\chi\nu\eta$ $\sigma\varkappa o\pi\varepsilon\tilde{\iota}$ $\tau\grave{o}$ $\varkappa\alpha\vartheta'$ $\mathring{\varepsilon}\varkappa\alpha\sigma\tau o\nu$. — Polit. III 11 init. — Hor. ep. II 3. 309 ff. — Reinkens Aristoteles über Kunst S. 181 ff. 274 ff. Schasler Aesthet. I 137.

†) c. 9. 1451 a 36 — 1451 b 26.

bemerklich gemacht hatten, die kunstmäßige Komödie dagegen behandelte ihre fingirten Stoffe nach den Gesetzen der Natürlichkeit, der Wahrscheinlichkeit und legte demgemäß ihren Personen in der Regel auch fingirte Namen bei; — womit indessen selbstverständlich ganz wohl vereinbar war, daß auch hier einzelne Situationen in ihren Grundzügen der Wirklichkeit entnommen, einzelne Namen, wie Sokrates, Kleon, Hyperbolos, von bekannten historischen Persönlichkeiten entlehnt waren. *)

. Der Schwerpunkt dieser Auseinandersetzung des Aristoteles liegt nun unstreitig in dem Gedanken, daß die Geschichtschreibung ebensowenig wie die Productionen der Jambisten eine höhere dichterische Begabung erfordere; beide bieten gewissermaßen nur Referate über wirklich Geschehenes, sei nun die Art der Darstellung eine ernste oder eine heitere. Das kunstmäßige Drama dagegen, die Tragödie und die Komödie, stellen an ihre Vertreter ganz andere Ansprüche **). Vor allem kommt es bei ihnen darauf an, daß die Handlung, die Ausgeburt der

---

*) Denn wie sich Aristoteles die Stellung der kunstmäßigen Komödiendichter zu den von ihnen verspotteten thatsächlichen Vorkommnissen des politischen und bürgerlichen Lebens gedacht habe, erhellt genügend aus der oben S. 34 erwähnten Stelle der Poetik c. 17. Wie der Tragiker die gewissermaßen historisch fixirte Heroensage nach seinem individuellen Belieben und Können καϑόλου gestaltet, ohne sie etwa von Grund aus zu verändern, so auch der Komiker seinen aus dem Leben entlehnten Stoff.

**) Die beste Erläuterung zu der aristotelischen Forderung der verallgemeinernden Stoffbehandlung findet sich in einer Reihe theoretischer Aussprüche der Neueren, an denen sich zugleich erweist, wie dieselben mühsam nach festen Kunstgesetzen rangen, freilich ohne nachhaltigen Erfolg, da die Romantiker und die einseitigen Shakespeareenthusiasten gar bald wieder die regellose Willkür zur Herrschaft brachten. (Einiges erwähnt F. A. Hartung Lehren der Alten s. oben S. 26). Schiller (Briefw. mit Göthe Nr. 291): „Ich finde, je mehr ich über mein eigenes Geschäft und über die Behandlungsart der Tragödie bei den Griechen nachdenke, daß der ganze cardo rei in der Kunst liegt, eine poetische Fabel zu erfinden [erg. „und richtig zu gestalten"]. Der Neuere schlägt sich mühselig und ängstlich mit Zufälligkeiten und Nebendingen herum, und über dem Bestreben, der Wirklichkeit recht nahe zu kommen, beladet er sich mit dem Leeren und Unbedeutenden, und darüber läuft er Gefahr, die tiefliegende Wahrheit zu verlieren, worin eigentlich alles Poetische liegt. Er möchte gern einen wirklichen Fall vollkommen nachahmen und bedenkt nicht, daß eine poetische Darstellung mit der Wirklichkeit eben darum, weil sie absolut wahr ist, niemals coincidiren kann. — — [Ueber die Dejanira in den Trachinierinnen] Wie ganz ist sie die Hausfrau des Herkules, wie individuell, wie nur für diesen einzigen Fall passend ist dieß Gemälde, und doch wie tief menschlich, wie ewig wahr und allgemein! Auch im Philoktet ist alles aus der Lage geschöpft, was sich nur daraus schöpfen ließ, und bei dieser Eigenthümlichkeit des Falles ruht doch alles wieder auf dem ewigen Grund der menschlichen Natur. Es ist mir aufgefallen, daß die Charactere des griechischen Trauerspiels mehr oder weniger idealische Masken und keine eigentlichen Individuen sind, wie ich sie in Shakespeare und auch in Ihren Stücken finde. So ist z. B. Ulysses im Ajax und im Philoktet offenbar nur das Ideal der listigen, über ihre Mittel nie verlegenen, engherzigen Klugheit; so ist Kreon im Oedip und in der Antigone bloß die kalte Königswürde. Man kommt mit solchen Characteren in der Tragödie offenbar viel besser aus, sie exponiren sich geschwinder und ihre Züge sind permanenter und fester. Die Wahrheit leidet dadurch nichts, weil sie bloßen logischen Wesen ebenso entgegengesetzt sind als bloßen Individuen." Vergl. Nr. 56. 293. 311. 342. 346. 366 a. 399. 400. 402. 406. 602. 809. Ueber das Trag. B. 11. S. 455 ff. — — Ueber das Pathetische B. 11. S. 410 f.: „Die poetische Wahrheit besteht aber nicht darin, daß

dichterischen Phantasie, nach gewissen Gesetzen der Logik (und gewissen Normen der Schönheit) angelegt sei und nicht planlos und widerspruchsvoll sich abwickle. Der Stoff und wieder der Stoff und immer der Stoff ist es, an dessen Gestaltung der wahre dramatische Dichter, Tragiker wie Komiker, sich nach Aristoteles wohlbegründeter Ueberzeugung zu bewähren hat.

---

etwas wirklich geschehen ist, sondern darin, daß es geschehen konnte, also in der Möglichkeit der Sache. Die ästhetische Kraft muß also schon in der vorgestellten Möglichkeit liegen. Selbst an wirklichen Begebenheiten historischer Personen ist nicht die Existenz, sondern das durch die Existenz kund gewordene Vermögen das Poetische. Der Umstand, daß diese Personen wirklich lebten und daß diese Begebenheiten wirklich erfolgten, kann zwar sehr oft unser Vergnügen vermehren, aber mit einem fremd= artigen Zusatz, der dem poetischen Eindruck vielmehr nachtheilig als beförderlich ist. — — — Wehe dem griechischen Kunstgenie, wenn es vor dem Genius der Neueren nichts weiter als diesen zufälligen Vortheil (d. h. die nationalen Stoffe) voraus hätte; und wehe dem griechischen Kunstgeschmack, wenn er durch diese historischen Beziehungen in den Werken seiner Dichter erst hätte gewonnen werden müssen! Nur ein bar= barischer Geschmack braucht den Stachel des Privatinteresses, um zu der Schönheit hingelockt zu werden; und nur der Stümper borgt von dem Stoffe eine Kraft, die er in die Form zu legen verzweifelt." — Lessing (Dramat. St. 19): „Nun hat es Aristoteles längst entschieden, wie weit sich der tragische Dichter um die historische Wahrheit zu bekümmern habe; nicht weiter als sie einer wohl= eingerichteten Fabel ähnlich ist, mit der er seine Absichten verbinden kann. Er braucht eine Geschichte nicht darum, weil sie geschehen ist, sondern darum, weil sie so geschehen ist, daß er sie schwerlich zu seinem gegenwärtigen Zwecke besser erdichten könnte. Findet er diese Schicklichkeit von ungefähr an einem wahren Fall, so ist| ihm der wahre Fall willkommen; aber die Geschichtbücher erst lange darum nachschlagen, lohnt der Mühe nicht. Und wie viele wissen denn, was geschehen ist? Wenn wir die Möglichkeit, daß etwas geschehen kann, nur daher abnehmen wollen, weil es geschehen ist, was hindert uns eine gänzlich erdichtete Fabel für eine wirklich geschehene Historie zu halten, von der wir nie etwas gehört haben? Was ist das erste, was uns eine Historie glaubwürdig macht? Ist es nicht ihre innere Wahrscheinlichkeit? Und ist es nicht einerlei, ob diese Wahrscheinlichkeit von gar keinen Zeug= nissen und Ueberlieferungen bestätigt wird, oder von solchen, die zu unserer Wissenschaft noch nie gelangt sind? Es wird ohne Grund angenommen, daß es eine Bestimmung des Theaters mit sei, das Andenken großer Männer zu erhalten: dafür ist die Geschichte, aber nicht das Theater. Auf dem Theater sollen wir nicht lernen, was dieser oder jener einzelne Mensch gethan hat, sondern was ein jeder Mensch von einem gewissen Character unter gewissen gegebenen Umständen thun werde. Die Absicht der Tragödie ist weit philosophischer als die Absicht der Geschichte u. s. w." — Göthe (bei Ecker= mann I 326 f.) über Manzoni, der obwohl ein guter Poet, die Rechte eines solchen nicht kenne und sich abmühe nachzuweisen, wie treu er den Einzelheiten der Geschichte geblieben: „Nun mögen seine Facta histo= risch sein, aber seine Charaktere sind es doch nicht, so wenig es mein Thoas und meine Jphigenia sind; kein Dichter hat je die historischen Charaktere gekannt, die er darstellte; hätte er sie aber gekannt, so hätte er sie schwerlich so gebrauchen können. Der Dichter muß wissen, welche Wirkungen er hervorbringen will, und darnach die Natur seiner Charactere einrichten. Hätte ich den Egmont so machen wollen, wie ihn die Geschichte meldet, als Vater von einem Dutzend Kindern, so würde sein leichtsinniges Handeln sehr ab= surd erschienen sein. Ich mußte also einen andern Egmont haben, wie er besser mit seinen Handlungen und meinen dichterischen Absichten in Harmonie stände, und dies ist, wie Clärchen sagt, mein Egmont. Und wozu wären denn die Poeten, wenn sie bloß die Geschichte eines Historikers wiederholen wollten! — — — Aber freilich, ein einfaches Sujet durch eine meisterhafte Behandlung zu etwas machen, erfordert Geist und großes Talent, und daran fehlt es." — Briefw. Nr. 292: „Auf dem Glück der Fabel beruht freilich Alles u. s. w." (vergl. 383) — Und gegen die Romantiker: „Alles geht durchaus ins Form= und Characterlose;

Wäre aber nun überhaupt noch ein Zweifel über die Stellung, welche Aristoteles der Komödie in seiner Kunstlehre einräumt, zulässig, so müßte er unbedingt verschwinden vor dem Gewichte einer anderweitigen Aeußerung des Philosophen, durch welche Tragödie und Komödie geradezu als höhere und geehrtere Kunstarten dem Epos und der jambistischen Dichtung auf das Bestimmteste entgegengestellt werden*) und der Uebergang von dieser Stufe zu jener als ein entschiedener Fortschritt in der Entwicklung der Dichtkunst überhaupt betont wird.

Und wenn wir nun auch über die fernere Entwicklung, über die naturgemäße Weiterbildung der komischen Dichtungsart zu immer größerer Vollkommenheit und Formvollendung (ein Fort=schreiten, wie es sich auf fast sämmtlichen Specialgebieten der hellenischen Kunst bestimmt vor=aussetzen läßt und wie es z. B. für die Tragödie von Aristoteles selber [Poet. c. 4.] kurz characterisirt wird) nichts Genaueres von ihm erfahren, so ist es doch kaum bestreitbar, daß er den Beginn einer kunstgerechten Behandlung der komischen Schaustellungen in Attika von dem Auftreten des Krates an datirt. Dieser gilt ihm gewissermaßen als der Markstein zwischen zwei Entwicklungsperioden. In Sicilien war die kunstmäßige Behandlung der Komödie schon in früherer Zeit geübt worden. Die sicilischen Vorbilder regten dann in Attika den dichterischen Nachahmungstrieb an**). Die alte Weise der jambistisch gefärbten Aufführungen ward von Krates aufgegeben; an ihre Stelle trat die Form des wirklichen komischen Dramas, dessen Stoffe gleich denen der Tragödie von allgemeiner Beschaffenheit, d. h. idealisirt waren und mithin auch im Großen und Ganzen nach den in der alten Kunstlehre für diese Compositions=weise zur Geltung gelangten Regeln behandelt wurden. Hat man sich erst einmal klar gemacht, wie scharf von Aristoteles die Grenze zwischen der Poesie der Jambisten und der eigentlichen Komödie gezogen wird, so läßt sich schlechterdings nicht mehr verkennen, welches der einfache und alleinrichtige Sinn der erwähnten Stellen sei***). Vergebens wollte man durch allerlei Aenderungen und hermeneutische Künsteleien die unbequemen Angaben hinwegschaffen; vergebens aber auch sich die Augen verschließen gegen das Gewicht dieser vortrefflich zusammenstimmenden Zeugnisse. Aristoteles kennt nur Jambisten und kunstmäßige Komödiendichtung.

---

kein Mensch will begreifen, daß die höchste und einzige Operation der Natur und Kunst die Gestaltung sei und in der Gestaltung die Specification, damit jedes ein Besonderes, Bedeutendes werde, sei und bleibe." (Freilich hatte auch Göthe in einer gewissen Periode [Götz] ächt romantische, formverachtende Anwandlungen gehabt, vergl. „Verschiedenes über dramatische Kunst." B. 31. S. 14 ff.)

*) c. 4. 1448 b. 32. (Krohn zur Kritik aristotel. Schriften. Progr. Brandenb. 1872 S. 8 ff.)

**) Themist. XXVII. p 406.

***) Daher bemerkt Meineke (histor. crit. c. gr. p. 39), wohl auch unter dem Einfluß dieser aristote=lischen Stellen: „Postquam eorum poetarum, qui quasi praecursores quidam verae et perfectae co-moediae censeri debent [h. e. Susario, Chionides, Magnes alii], historiam enarravimus, iam ad eos accedimus poetas, quorum singulari virtute et ingenio comoedia, sive externam eius formam sive argumenti descriptionem spectamus, ad tantam perfectionem evecta est, ut quo ultra procederet non haberet."

Wohl redet er gelegentlich von einer Vorstufe der letzteren, von der frühesten Periode der Stegreifversuche; aber es liegt auf der Hand, daß er zu dieser Vorstufe die alte Komödie in ihrer Gesammtheit nicht gerechnet hat und von einer privilegirten Sonderstellung derselben wird nun gar in der Poetik auch nicht mit einer Silbe geredet.

Hiermit sind wir der Aufhellung der ganzen Sachlage um einen bedeutenden Schritt näher gerückt: Schon unter den Vorgängern des Aristophanes findet sich ein Komödiendichter, dem Aristoteles ausdrücklich den Rang eines kunstgerechten Dramatikers zuerkennt. Ja man kann, ohne dem Wortlaut der Ueberlieferung im Geringsten Gewalt anzuthun, aus ihr herauslesen, daß dieser Dichter, Krates, nach der Ansicht des Aristoteles bloß das zuerst gethan habe, was nach ihm auch andere Komödiendichter in Attika zu thun pflegten. Von einem seiner Zeitgenossen, Pherekrates, wird wenigstens anderwärts ausdrücklich berichtet, (s. oben S. 33 Anm.) daß er in seiner Kunstpraxis ähnlich wie Krates verfahren sei*). Muß man es demnach nicht für sehr gewagt erklären, wenn angesichts dieser Stelle dennoch behauptet wird, die übrigen Dichter der alten Komödie hätten die Neuerungen des Krates und Pherekrates unbenutzt gelassen und es habe trotz jener nachweisbaren Anfänge einer wirklich künstlerischen Gestaltung des komischen Dramas anstatt weiteren Fortschrittes einige Zeit später durch die aller Regeln spottende Compositionsweise des Aristophanes ein ganz grober Rückfall in die älteste kunstlose Komödienpraxis stattgefunden?

Ist es doch kaum zu bestreiten, daß, wenn man einmal wie billig von den wenigen überlieferten Komödien absieht, der lückenhafte Bericht des Aristoteles sich ganz ungezwungen auslegen und ergänzen läßt. Alsdann hat dieser Kritiker, wie er einerseits theoretisch die Komödie auf das Bestimmteste von der jambistischen Dichtung trennte, andererseits innerhalb des praktischen Entwicklungsganges der alten Komödie selber eine Scheidung zwischen den noch unbehülflichen und unausgeprägten Leistungen der ältesten Dichter**) und den durchaus kunstgerechten Schöpfungen einer späteren Periode, deren Ausgangspunkt Krates bildete und zu welcher außer Pherekrates, Eupolis, Aristophanes u. A. auch Kratinos mit seinen letzten Stücken zu rechnen ist, vorgenommen. Daß aber der Annahme einer solchen Scheidung von Seiten der sonstigen Ueberlieferung im Allgemeinen durchaus nichts im Wege stehe,***) daß insbesondere auch für die Trennung der sehr langen künstlerischen Laufbahn des Kratinos in eine frühere kunstlosere und eine spätere,

---

*) Auch läßt sich hierher wohl die Bemerkung des Dionysios von Halikarnassos (art. rhet. p. 302 R.) ziehen, daß die Komödie des Kratinos, Aristophanes und Eupolis τὸ γελοῖον προστησαμένη φιλοσοφεῖ.

**) Ob Aristoteles zu diesen den Susarion, Euetes, Euxenides gerechnet habe, läßt sich nicht mit Bestimmtheit entscheiden, ist aber sehr wahrscheinlich. S. Meineke h. cr. p. 24. Jedenfalls sieht er in Magnes und Chionides zwei sehr frühe Vertreter der alten Komödie: Poet. c. 3. p. 1448 a 29. — Auch der Grammatiker bei Bergk prolegg. III. 6 stellt den Magnes an die Spitze der attischen Komiker.

***) Eine ähnliche Trennung hat Meineke h. cr. p. 39 angenommen s. oben S. 37 Anm.

von den Neuerungen des Krates beeinflußte Periode der höheren Vollendung sich mancherlei zur Begründung anführen lasse, dürfte kein Kundiger in Abrede stellen. Um indessen diese dem Wortlaut der Poetik gewissermaffen von selber entspringende Vermuthung zu einiger Gewißheit zu erheben, müßten schon jetzt anderweitige Zeugnisse herangezogen werden, die dem Plane der Untersuchung gemäß erst weiter unten im Zusammenhang betrachtet werden sollen.

Hier liegt uns vorerst noch die Durchforschung der aristotelischen Poetik ob und da ist nun weiterhin die bemerkenswerthe Thatsache zu constatiren, daß nirgends in dieser Schrift ein Anhaltspunkt vorliegt, der uns zu dem Glauben berechtigt, Aristoteles habe im Allgemeinen die Komödie in Hinsicht ihres formalen Kunstwerthes tiefer gestellt als die Tragödie oder er habe an sie nicht die nämlichen strengen Anforderungen wie an die Tragödie, das Drama, ja die Poesie überhaupt erhoben. Im Gegentheil, von vornherein scheint Alles darauf hinzuweisen, daß er in formeller Hinsicht das ernste und das komische Drama als völlig ebenbürtige Arten derselben Kunstgattung ansah*). Beide werden mehrfach in eng verbundener Fassung erwähnt, mehrfach in Parallele gestellt, namentlich in Bezug auf ihren Ursprung, ihr homerisches Vorbild, ihren Gegensatz zum Epos, ihre technische Ausbildung und sogar in der Definition ihrer Wesenheit. Ja es kann für den besonnenen Beurtheiler kaum noch zweifelhaft sein, daß ein großer Theil jener bekannten, oft sehr strengen Bestimmungen, welche Aristoteles über die qualitativen Theile der Tragödie, insbesondere über die Fabel oder den Mythos, ferner über Einheit, Ganzheit und Größe der Handlung, über die Art und Weise ihrer Composition, über die richtige Motivirung der Begebenheiten, über die verschiedenen Arten der Fabeln, die einfache und die verwickelte, über die Anlage der Peripetie und die Lösung des Conflictes, über die Idealisierung der Charactere d. h. ihre Gestaltung nach den Gesetzen der Natürlichkeit und Nothwendigkeit (mit Beachtung der vierfachen Forderung, daß sie tüchtig, angemessen, naturwahr und consequent seien**), aufgestellt hat, für das Drama überhaupt gilt, also mutatis mutandis auch von der Komödie gefordert wird; kurz daß als hauptsächliches Merkmal der letzteren eben nur die Behandlung des Unedlen und mithin auch des Lächerlichen übrig bleibt.***)

---

*) Poetik c. 4. 1449 a. 2; c. 3. 1448 a. 30; c. 1. 1447 a. 14. b. 27; c. 23. 1459 a. u. öfter. Zimmermann Aesthetik I. S. 112 ff. — Schasler a. a. O. I. S. 159 ff. — Reinkens a. a. O. S. 25. 29. — Bernays Grundzüge S. 147. — Auch mag hier der vielgedeutelten, vielleicht nur der Weinlaune entsprungenen Sokratischen These gedacht sein (bei Platon Sympos. c. 39), daß es eigentlich einer und derselben Person zukomme, sich auf die Verfertigung von Komödien und Tragödien zu verstehen und daß der kunstgerechte Tragiker auch zum Komödiendichter befähigt sei. [Polit. III. 395 a. kein unbedingter Widerspruch gegen obige Stelle.] Immerhin scheint jene Paradoxie eine gleichmäßig zu handhabende Technik vorauszusetzen. Sehr verständig hierüber Ed. Müller a. a. O. I. S. 232 ff. — Vergl. auch Krohn a. a. O. S. 1 ff.

**) Poet. c. 15. c. 2. c. 13. a. Anf. Vergl. Vahlen Sitzungsber. der k. k. Akad. hist. phil. Cl. 52 (Wien 1866) S. 118 ff. und 50 (1865) S. 2!0 ff. Gegen die Echtheit der dritten Forderung (ὅμοιον) Krohn a. a. O. S. 20.

***) Arist. Poet. c. 2. 1448 a. 1. c. 5. 1449 a. 31. — [c. 4. 1448 b. 33; c. 15. 1454 b. 8—15; c. 25. 1461 a. 6]. Vergl. Zimmermann a. a. O. I. S. 112 ff. Derselbe bezeichnet (S. 115) auch den

Wenn aber Aristoteles sich anerkanntermaßen — soweit die verderbte Ueberlieferung seiner Schriften ein sicheres Urtheil gestattet — in den Grundzügen seiner Auffassung durchweg als ein consequenter Geist zeigt, wenn er sich fast überall in Uebereinstimmung mit den aus anderweitigen Quellen bekannt gewordenen Kunstanschauungen*) des hellenischen Volkes befindet, so dürfte nunmehr Jedem seiner Ausleger von selber klar sein, welche Folgerungen sich im Hinblick auf die im I. Theil unserer Untersuchung dargelegten Grundzüge seiner Kunstlehre aus den Angaben der Poetik ziehen lassen.

Nur ein Punkt verdient noch eine besondere Erwähnung, da er für die Kritik von Wichtigkeit ist. Nach der Lehre des Aristoteles hat die kunstmäßige, den Stoff nach bestimmten Regeln verallgemeinernde Behandlungsweise (καϑόλου) zur Folge, daß das fertige Kunstwerk in sich selber die Bedingungen seiner Existenz trägt, mit andern Worten, daß die Einzelheiten desselben untereinander und mit dem Ganzen harmoniren und sich gegenseitig voraussetzen. Alle Hinweise auf gewisse außerhalb des Stoffes liegende Ursachen der Einheitslosigkeit, Unordnung und des Widerspruches sind schlechterdings unstatthaft, da derselbe ja nach dem Gesetz der Natürlichkeit oder Nothwendigkeit gestaltet werden soll. Ist in dem dramatischen Stoff ein irgendwie Beschaffener gegeben, so hat der Kunstkritiker das Recht zu verlangen, daß er im Allgemeinen seiner Natur gemäß handle und rede. Selbst dann, wenn sein Character von vornherein als ein wankelmüthiger und widerspruchsvoller vorgeschrieben war, ist er in diesem Sinne streng durchzuführen.**) Der Künstler muß eben unter allen Umständen seinen Stoff in der Weise kunstgerecht behandeln, daß er seine Erklärung durchweg aus sich selber findet, oder er muß ihn gänzlich fallen lassen. Hierin liegt unbedingt der Cardinalpunkt für die Beantwortung der so vielfach erörterten Frage nach der Berechtigung der sogenannten subjectiven Kritik. „Der wahre Kunstrichter, sagt Lessing (Dram. St. 19), folgert keine Regeln aus seinem Geschmacke, sondern hat seinen Geschmack nach den Regeln gebildet, welche die Natur der Sache erfordert.“

Alles in Allem genommen wird sich demnach wohl Niemand dem Eindruck verschließen können, daß zwischen dem theoretischen Standpunkt des Verfassers der Poetik und zwischen der technischen Beschaffenheit der überlieferten aristophanischen Komödien ein Widerspruch besteht, wie er kaum schroffer gedacht werden kann. Die Regeln des Aristoteles, wenn auch unvollständig erhalten, sind einfach, natürlich und streng;***) die practische Kunstübung des Aristophanes dagegen fast durchgängig von äußerster Laxheit, Unnatur und Verworrenheit. Dies hat man auch schon

---

φαῦλος der Komödie mit Recht als den „guten leichtsinnigen Menschen“. Gegen die Urgirung des σπουδαῖος im moralischen Sinn: v. Raumer. Ueber die Poetik des Ar. [s. oben S. 24 Anm.] S. 145 ff. — Schasler Aesthet. I. S. 172 ff. — Teichmüller aristot. Forsch. II. S. 181 ff.

*) Plut. de gloria Athen. c. 5. (Verbot, daß die Areopagiten Komödien dichteten) ist hier ohne Bedeutung.

**) c. 9. a. A. — c. 6. 1449 b. 36. — c. 15. 1454 a. 26 und ebend. 33 f. oben S. 19. — c. 24. 1460 a. 27. — c. 25.

***) Vergl. Briefw. zw. Goethe und Schiller Nr. 311. 306.

längst bemerkt. Ehedem freilich unterließ man es gern, der Sache auf den Grund zu gehen oder aber man entschied in aller Unbefangenheit, daß Aristophanes, nach den Regeln des Aristoteles bemessen, freilich auch nach denen des natürlichen Geschmackes (was aber in gelehrten Erörterungen bekanntlich nicht immer in Betracht kommt) ein ganz schlechter Dramatiker sei. Die neueren Gelehrten dagegen haben, da sie sich gleichsam vor die Alternative gestellt sahen: entweder den Aristoteles für einen überspannten und einseitigen Theoretiker oder den Aristophanes nach hellenischen Begriffen für einen dreisten Stümper zu erklären, in der Regel zu allerhand vermittelnden Klügeleien ihre Zuflucht genommen. Man glaubte z. B. einen glücklichen Ausweg gefunden zu haben, wenn man, wie schon oben angedeutet, behauptete: Krates, einer der Vorgänger des Aristoteles, stehe mit seiner Nachahmung der kunstmäßig organisirten sicilischen Komödie unter den Dichtern der alten Komödie so ziemlich vereinzelt da*) und erst die späteren, macharistophanischen Komiker hätten an jene sicilische Methode angeknüpft. Allein diese Annahme erweist sich als eine ganz willkürliche und unhaltbare, sobald man, wie es in unserer Untersuchung geschehen muß, für einen Augenblick von der heutigen Beschaffenheit der aristophanischen Komödien absieht und nur die Angaben des Aristoteles berücksichtigt.

Andere**) wollten auf Grund einer verkehrten, neuerdings wieder aufgegebenen Interpretation der Worte des Aristoteles (1449 b 8) das characteristische Merkmal der sicilischen Komödie nicht sowohl in der kunstgerechten Behandlung des Mythos, als vielmehr in der Wahl „mythologischer" Stoffe sehen und glaubten so die Schwierigkeiten der Sachlage gelöst zu haben.

Ungleich wichtiger, weil in ihren Consequenzen gefährlicher, ist eine andere Ausflucht, welche gewissermaßen als die Quelle der Privilegiumstheorie anzusehen ist. J. Bernays hat in seinem vielberufenen Aufsatz: „Ergänzung zu Aristoteles' Poetik"***) die Behauptung aufgestellt, Aristoteles habe in seiner Theorie der komischen Kunst die alte attische Komödie gar nicht als Muster anerkannt; sich vielmehr in deutlich erkennbaren Gegensatz zu derselben gesetzt; (a. a. O. S. 577 und S. 581 f.) seine Regeln paßten nicht auf dieselbe und brauchten auch nicht auf sie zu passen: „Denn — so liest man bei ihm S. 570 — dieß kann keinem Aufmerkenden entgehen, daß Aristoteles bei dem entscheidenden Gewicht, das er auf straffe Verknüpfung des Süjets zur Einheit legt, bei der Strenge, mit welcher er nur allgemeine ($\varkappa\alpha\vartheta\delta\lambda o\upsilon$) Charactere als wahrhaft poetische Gestalten anerkennt, nothwendig dahin kommen mußte, die mittlere und was ihm etwa von der neuen Komödie noch bekannt wurde, als Gattung hoch über die alte zu stellen."

---

*) Bergk de rell. com. att. ant. p. 276: quibus verbis Aristoteles [Poet. c. 9] verissime differentiam, quae antiquam inter et mediam comoediam intercedit, descripsit: ad mediae autem comoediae rationem prope accedit Crates. — K. O. Müller Griech. Litt. II. S. 259. 266. — Susemihl Aristoteles über die Dichtkunst. Gr. und deutsch. Leipzig 1865. S. 168. Anm. 49.

) Namentl. Lorenz Epicharmos s. oben S. 33 Anm. * Zu den dort genannten Vertretern der richtigen Auffassungsweise mag auch noch Roeder de trium, quae Graeci coluerunt, comoediae generum ratione ac proprietatibus disp. Susati 1831 p. 26 hinzugefügt werden.

***) Rhein. Mus. VIII. S. 561 ff.

Diese Annahme *), so blendend sie auch den rathlosen Litterarhistorikern auf den ersten Blick erscheinen mochte, entbehrt indessen aller sicheren Stütze. Bedenken erregen müßte sie eigentlich schon darum, weil den von Bernays auf Aristoteles zurückgeführten Regeln der alten Aesthetiker nicht selten Beispiele beigegeben sind, welche den aristophanischen Komödien angehören.**) Sie wird aber auch geradezu unhaltbar, wenn man Folgendes erwägt:

I. Aristoteles würde, wenn er in Wahrheit von dem Kunstwerth der alten Komödie, insbesondere des Aristophanes, so geringschätzig gedacht hätte, in einem ganz unerklärlichen Gegensatz zu den meisten Kunstverständigen des Alterthums erscheinen, welche entweder unseren Dichter geradezu als den Komöden par excellence betrachteten und mit der rückhaltlosesten Anerkennung bewunderten oder aber, wenn sie auch mitunter seine Freimüthigkeit, seine Derbheit und seinen Sarkasmus tadelten,***) über die Dunkelheit mancher Anspielungen klagten und überhaupt über den moralischen Werth der alten Komödie sich geringschätzig aussprachen, doch auf dasjenige, worauf hier Alles ankommt, auf die Vernachläfsigung der einfachsten formalen Compositionsgesetze, auch nicht im Entferntesten anspielten. ****)

II. Was die neue Komödie betrifft, so machen es die chronologischen Verhältnisse nahezu unmöglich, daß Aristoteles, welcher 322 v. Chr. starb, auf die Stücke der ihr angehörigen Dichter (Menander, der bedeutendste derselben, ist im Jahre 342 geboren und schrieb 322 sein

---

*) Sie hat, wie es scheint, die allgemeine Zustimmung der Gelehrten erhalten. s. O. Ribbeck Ueber die mittlere und neuere att. Komödie. Oeffentl. Vortr. Leipzig 1857 S. 5 f. — Susemihl Arist. Poet. Leipzig 1865. Einleitung S. 26 und Anm. 49 und 90.

**) Bernays a. a. O. S. 585 erklärt sie freilich für Zusätze „von späterer Hand."

***) z. B. Plutarch. de comp. Aristoph. et Men. epit. p. 853 und quaestt. symp. VII. 8. 3 p. 711. Aristophanes wird hier zum Vortheil des Menander ganz unbarmherzig heruntergerissen. Daß aber der blafirte Verfasser jener pseudo=ästhetischen Moralpredigt den bringendsten Anlaß hatte, auch den geringen Kunstwerth der aristophanischen Komödie, falls er überhaupt etwas derartiges geltend machen konnte, hier zu erwähnen, zeigt namentlich eine Stelle (p. 854), wo er die Frage aufwirft: worin denn eigentlich die gerühmte Geschicklichkeit des Aristophanes liege, in den Raisonnements oder in den Charakteren? — Vergl. Ranke de vita Aristophanis p. LXIV. sq. — Hartung die Lehren der Alten S. 268 erklärt z. B. ausdrücklich, daß alle jene Angriffe den poetischen Werth der Komödien durchaus nicht berührten; — beiläufig derselbe Hartung, der S. 190 seinerseits den Aristophanes, weil er den Euripides ungerecht verläumbete, in seinem Eifer einen „Schuft" nennt!

****) Man vergl. auch die Urtheile der alten Aesthetiker bei Bergk prolegg. II. 3. III. 12. V. 4. VIII. 16. XII. 9. XIII. 1. XIV. XV. und die übrigen Stimmen aus dem Alterthum, die bei Rötscher Aristophanes und sein Zeitalter. 1827. S. 18 ff. und Ranke de vita Ar. p. LV. sq. zusammengestellt sind. Auf Grund aller dieser rühmenden Urtheile des Alterthums bemerkt Ranke (p. LIII. sq.): „Deinde quum omnes fere, ut iam supra significavimus, Cratino, Eupolidi Aristophanique in antiqua comoedia principatum tribuerent, hosque tres viros reliquis palmam praeripuisse statuerent: in eorum numero solus Aristophanes tantum sibi comparavit honorem, ut eius nomine non addito, sola comici poëtae appellatione eum designare possent scriptores antiqui. Itaque comicis antiquae comoediae poëtis superatis omnibus, eorum qui in ceteris artis poëticae generibus maxime erant insignes et pro exemplis habebantur gloriam aequavit; unique fere postpositus est Homero etc.

erstes Stück) Rücksicht genommen habe.*) Bliebe somit nur die sogenannte mittlere Komödie, welche man bisher stets als eine Uebergangsform angesehen hat und über deren Organisation aus Mangel an ausreichenden und zuverlässigen Nachrichten ein sicheres Urtheil nicht zu gewinnen ist.**) Bernays***) selber bezeichnet die Leistungen dieser mittleren Periode nur als „tastende Versuche“ und vindicirt den aristotelischen Schriften den Werth einer anregenden Unterweisung gerade für die Dichter der neuen Komödie bei ihrem Streben nach größerer Vollkommenheit. „Des Aristoteles ästhetische Schriften und die in seinem Geleise fortgehenden Bestrebungen der früheren Peripatetiker mußten die Empfänglichkeit des Publikums für die neue komische Gattung vorbereiten.“ Gerade durch dieses Herabdrücken des Kunstwerthes der mittleren Komödie aber beraubt die Bernays'sche Theorie sich ganz augenscheinlich aller sicheren Grundlage. War die Kluft zwischen mittlerer und neuer Komödie wirklich eine so beträchtliche, bedurfte es in Wahrheit so umfassender Vorbereitung zu der Einführung der letzteren, konnte endlich von Aristoteles auf die alte Komödie keine Rücksicht genommen werden, so fragt man wohl mit Recht: wo waren alsdann aber die dem Geiste des Aesthetikers vorschwebenden Musterkomödien zu suchen? Oder lag es etwa in der Art des „Empirikers“ Aristoteles,****) lediglich Theorien über das vollkommenste Ideal einer Kunstart, resp. über die Zukunftskomödie aufzustellen?

III. Bernays' Behauptung steht aber endlich auch in schreiendem Widerspruch mit einer Stelle der Poetik selber,†) an welcher gelegentlich der allgemeinen Charakterisirung der verschiedenen Dichtungsarten Sophokles, als Vertreter des ernsten und Aristophanes,

---

*) Unnöthigerweise sucht Lessing (H. Dr. 90.) diese schon von Hurd geäußerte Ansicht (His notion was taken from the state and practice of the Athenian stage; that is from the old or middle comedy, which answer to this description) zu bekämpfen; doch auch fast nur durch Vermuthungen sowie durch die stillschweigende Voraussetzung, daß Aristoteles seine Schriften über die Poesie erst im späten Alter verfaßt habe. Lessing sagt nämlich: „Man hat Unrecht, wenn man den Anfang der neuen Komödie von dem Menander rechnet; Menander war der erste Dichter dieser Epoche dem poetischen Werthe nach, aber nicht der Zeit nach. Philemon, der dazu gehört, schrieb viel früher [?] und der Uebergang von der mittlern zur neuen Komödie war so unmerklich, daß es dem Aristoteles unmöglich an Mustern derselben kann gefehlt haben. Aristophanes selbst hatte schon ein solches Muster gegeben; sein Kokalos war so beschaffen, wie ihn Philemon sich mit wenigen Veränderungen zueignen konnte.“

**) Bernhardy, Gr. Litteraturgesch. II. S. 681. — K. O. Müller Gr. Litterat. II. S. 268. — O. Ribbeck a. a. O. S. 7. — Fielitz de Atticorum comoedia bipartita Bonn 1866 hat sogar den nicht sehr glücklichen Versuch gemacht, die Berechtigung der mittleren Komödie als einer selbstständigen Gattung geradezu in Abrede zu stellen.

***) a. a. O. S. 572 wo es auch heißt: „Wenn Theophrast [als Lehrer des Menander] dem jungen Dichter irgend ein Buch in die Hand gegeben, so hat er ihm Aristoteles Poetik gewiß nicht vorenthalten.“

****) Bernays Grundzüge der verlorenen Abhandlung des Aristoteles über die Wirkung der Tragödie. S. 175: „Wie fast immer, wo Aristoteles sein Eigenstes aufstellt, legt er auch hier eine empirische Thatsache zu Grunde.“ — Daß überhaupt die Anschauungen des Ar. in der Regel das Ergebniß der geschichtlichen Entwickluug darstellen und daß es ihm durchaus fern lag „vorbereitend“ zu wirken, hat R. Eucken a. a. O. S. 15 ff. treffend hervorgehoben

†) c. 3. 1448 a. 25.

als der des komischen Dramas, dem Homeros, dem Meister des ernsten und des heiteren Epos, gegenübergestellt werden.*) In der That ein Trifolium, bei dessen Anblick jedem Urtheilsfähigen der Gedanke vergehen muß, Aristoteles habe jemals den Kunstwerth unserer Komöden ernstlich benörgeln können. Oder hätte dieser gestrenge, consequente und anspruchsvolle Kritiker nicht unbedingt den Antiphanes, Anaxandrides oder Philemon anstatt des Aristophanes als Repräsentanten der Komödie neben Sophokles, dem vollendeten Tragiker, nennen müssen, falls es wirklich seine Ueberzeugung war, daß jener weit, weit hinter den minimalen Anforderungen der Technik zurückgeblieben sei?

Nach diesen Erwägungen wird man sich aber um so leichter davon überzeugen, wie unstichhaltig die beiden Zeugnisse sind, die Bernays (S. 570) heranzieht, um zu beweisen, daß Aristoteles einen künstlerischen Gegensatz zwischen älterer und späterer Komödie angenommen und für die letztere eine entschiedene „Vorliebe“ geäußert habe.

Es ist dies zunächst eine Stelle des Aristoteles,**) in der allerdings ein Gegensatz zwischen den Dichtungen (oder auch den Dichtern) der „alten“ und der „neuen“ Komödie angedeutet wird, und zwar so, daß der Autor augenscheinlich der letzteren den Vorzug gibt. Was ist hier aber der eigentliche Differenzpunkt zwischen beiden? Man denke nur: die Aischrologia, die Zote, oder wie Andere erklärten: das rohe, unverhüllte Geschimpfe! Und wo wird dieser Gegensatz betont? In der Ethik! Und was bemerkt Aristoteles selber über diesen furchtbaren Contrast? Nun, daß er in Hinsicht auf die Wohlanständigkeit nicht ganz gleichgültig wäre! Die Frage nach dem künstlerischen Werth der alten Komödie hat mit dieser ethischen Verurtheilung schlechterdings nichts zu schaffen. Wird aber ein Unbefangener diese Stelle etwa gar gegen die oben besprochenen Argumente verwerthen wollen?

Mit dem anderen von Bernays angezogenen Beweismittel steht es aber noch weit bedenklicher. Es ist hier dem scharfsinnigen Kritiker, der sonst wohl die entlegensten Anhaltspunkte für seine Behauptungen mit Geschick aufzuspüren versteht, eine kleine Menschlichkeit zugestoßen. Ohne es zu merken, ruft er nämlich einen Zeugen auf, dessen Aussage für ihn geradezu vernichtend lautet. Es handelt sich dabei um die schon oben S. 34 f. besprochene Stelle der Poetik c. 9., wo Aristoteles, um das Wesen der verallgemeinernden Compositionsweise ($\varkappa\alpha\vartheta\delta\lambda o\upsilon$) zu erläutern, sich auf den Gegensatz zwischen den Jambisten und den wirklichen Komödiendichtern bezieht. Bernays hält es nicht für nöthig, diese Stelle im Wortlaut anzu-

---

*) Aehnlich hat Platon mit ausdrücklicher Hervorhebung dem Homeros den Epicharmos als den Repräsentanten der Komödie ebenbürtig gegenübergestellt (Theaet. p. 152). Einen erheblichen Widerspruch gegen Aristoteles wird aber hierin Niemand erkennen wollen, da die Vorliebe des Platon für Epicharmos erklärlich genug ist. Auch fehlt es bekanntlich nicht an Zeugnissen für die Achtung, welche Platon dem Künstler Aristophanes zollte. Abgesehen von dem geschmackvollen Epigramm berichtet der anonyme Biograph des letzteren (bei Bergk prolegg. XII. 9), daß Platon dem Tyrannen Dionysios, als dieser sich über das politische Leben in Athen unterrichten wollte, die aristophanischen Komödien überschickt habe.

**) Eth. Nikom. IV. c. 14. 1128 a. 22.

führen und ihr noch besondere Aufmerksamkeit zu widmen.*) Er bezeichnet sie kurzweg als „von Lessing (Dramaturgie C. 89—91) erledigt." Wer die Lessing'sche Ausführung nicht zufällig etwas genauer im Gedächtniß hat, muß natürlich wähnen, Lessing habe dort den Aristoteles zu Gunsten der Bernays'schen Hypothese interpretirt, d. h. die alte Komödie nicht zu dem kunstmäßigen Drama, sondern zu der jambistischen Dichtungsweise gerechnet. Aber weit gefehlt! Lessing sucht den Aristoteles mit nackten Worten gerade gegen die Möglichkeit der Bernays'schen Auslegung zu verwahren. Seine Erörterungen sind für unsere Streitfrage wichtig genug, um sie in größerer Ausführlichkeit hier wiederzugeben.

Lessing polemisirt im 89. Stück jener Schrift bekanntlich gegen die Voraussetzung Diderot's, daß die Personen der Tragödie Individuen, die der Komödie aber Arten repräsentirten. Nachdem er hiergegen die obenerwähnte Stelle der Poetik angeführt und mit Nachdruck hervorgehoben hat, daß also Aristoteles schlechterdings keinen Unterschied zwischen den Personen der Tragödie und Komödie in Ansehung ihrer Allgemeinheit (καθόλου) mache, und daß alle Personen der poetischen Nachahmung ohne Unterschied sprechen und handeln sollen, nicht wie es ihnen einzig und allein zukommen dürfte, sondern so wie ein jeder von ihrer Beschaffenheit in den nämlichen Umständen sprechen oder handeln würde und müßte, erläutert er im 90. St. die Worte des Aristoteles, so weit sie sich auf die Komödie beziehen, noch bestimmter dahin: „Die Komödie gab ihren Personen Namen: welche, vermöge ihrer grammatischen Ableitung und Zusammensetzung oder auch sonstigen Bedeutung, die Beschaffenheit dieser Personen ausdrückten." Und zwar hat sich dies bei ihr „längst offenbar gezeigt." „Von ihrem ersten Ursprung an, das ist, sobald sich die jambistischen Dichter von dem Besonderen zu dem Allgemeinen erhoben, sobald aus der beleidigenden Satyre die unterrichtende Komödie entstand, suchte man jenes Allgemeine durch die Namen selbst anzudeuten." — „Man könnte einwenden, daß dergleichen bedeutende Namen (Pyrgopolinices, Artotrogus, Pheidippides) wohl nur eine Erfindung der neueren griechischen Komödie sein dürften, deren Dichtern es ernstlich verboten war, sich wahrer Namen zu bedienen; daß aber Aristoteles diese neuere Komödie nicht gekannt habe und folglich bei seinen Regeln keine Rücksicht auf sie habe nehmen können. Das letztere behauptet Hurd; aber es ist eben so falsch, als es falsch ist, daß die ältere griechische Komödie sich nur wahrer Namen bedient habe. Selbst in denjenigen Stücken, deren vornehmste und einzige Absicht es war, eine gewisse bekannte Person lächerlich und verhaßt zu machen, waren, außer dem wahren Namen dieser Person, die übrigen fast alle erdichtet, und mit Beziehung auf ihren Stand und Charakter erdichtet." Zu der Anmerkung hierzu (von der ein Theil schon oben S. 43 angeführt ist) heißt es nach der Erwähnung des

---

*) Auch Meineke h. cr. p. 273 bemerkt ganz summarisch: „Ubi apertum est de suae aetatis comoedia loqui Aristotelem, cui recte opponit ἰαμβοποιοῖς, quo nomine cum omnes significentur qui aperto quod aiunt capite convicientur, etiam antiquae comoediae poetas comprehendi consentaneum est." [!] — Bergk an der oben S. 41 angeführten Stelle [rell. p. 276.]. — Vergl. dagegen die etwas anders lautende Aeußerung Meineke's h. cr. p. 39 f. oben S. 37.

Kokalos ausdrücklich: „Wie nun also Aristophanes Muster von allen verschiedenen Abänderungen der Komödie gegeben, so konnte auch Aristoteles seine Erklärung der Komödie überhaupt auf sie alle einrichten. Das that er denn, und die Komödie hat nachher keine Erweiterung bekommen, für welche diese Erklärung zu enge geworden wäre." Im 91. Stücke endlich bemerkt Lessing über den Gebrauch der wahren Namen in der griechischen Komödie: „Es ließe sich anmerken, daß dieser Gebrauch keineswegs in der älteren griechischen Komödie allgemein gewesen, daß sich nur der und jener Dichter gelegentlich desselben erkühnt, daß er folglich nicht als ein unterscheidendes Merkmal dieser Komödie zu betrachten." Und dazu die Anmerkung: „Welches gleichwohl fast immer geschieht. Ja man geht noch weiter und will behaupten, daß mit den wahren Namen auch wahre Begebenheiten verbunden gewesen, an welchen die Erfindung des Dichters keinen Theil gehabt." (Folgt eine derartige Aeußerung Dacier's.) „Man sollte glauben, wer so etwas sagen könne, müßte nie auch nur einen Blick in den Aristophanes gethan haben. Das Argument, die Fabel der alten Komödie war eben sowohl erdichtet, als es die Argumente und Fabeln der neuen nur immer sein konnten. Kein einziges von den übrig gebliebenen Stücken des Aristophanes stellt eine Begebenheit vor, die wirklich geschehen wäre; und wie kann man sagen, daß sie der Dichter deswegen nicht erfunden, weil sie zum Theil auf wirkliche Begebenheiten anspielt? Wenn Aristoteles als ausgemacht annimmt, ὅτι τὸν ποιητὴν μᾶλλον τῶν μύθων εἶναι δεῖ ποιητήν, ἢ τῶν μέτρων: würde er nicht schlechterdings die Verfasser der alten griechischen Komödie aus der Klasse der Dichter haben ausschließen müssen, wenn er geglaubt hätte, daß sie die Argumente ihrer Stücke nicht erfunden? Aber so wie es nach ihm in der Tragödie*) gar wohl mit der poetischen Erfindung bestehen kann, daß Namen und Umstände aus der wahren Geschichte entlehnt sind, so muß es seiner Meinung nach auch in der Komödie bestehen können. Es kann unmöglich seinen Begriffen gemäß gewesen sein, daß die Komödie dadurch, daß sie wahre Namen brauche und auf wahre Begebenheiten anspiele, wiederum in die jambistische Schmähsucht zurückfalle: vielmehr muß er geglaubt haben, daß sich das καθόλου ποιεῖν λόγους ἢ μύθους gar wohl damit vertrage. Er gesteht dieses den ältesten komischen Dichtern, dem Epicharmus, dem Phormis und Krates zu und wird es gewiß dem Aristophanes nicht abgesprochen haben, ob er schon wußte, wie sehr er nicht allein den Kleon und Hyperbolus, sondern auch den Perikles und Sokrates namentlich mitgenommen."

Hiernach kann über Lessing's Stellung zu unserer Frage schlechterdings kein Mißverständniß walten. Seine Deduction ist ebenso klar wie zutreffend. Wenn demungeachtet Bernays sich für seine gegentheilige Auffassung auf Lessing beruft, so ist dies nur in Folge eines Ver-

---

*) Vergl. Poet. c. 17 und was oben S. 34 über dieselbe bemerkt wurde.

sehens geschehen. Ein solches kann am Ende auch einem so scharfen Denker einmal mitunterlaufen. Zu rügen ist aber, daß in einer so vielgelesenen Abhandlung ein solches Versehen nicht
früher bemerkt wurde. Freilich handelte es sich auch nur um ein Citat aus dem Bereiche der
deutschen Litteratur. Hätte Bernays sich in irrthümlicher Weise auf irgend einen byzantinischen
Scholiasten berufen, so wäre ihm das wohl nicht lange geschenkt geblieben, wie ja z. B. in dem
Streit über die Katharsisfrage mitunter über reine Bagatellen die umständlichsten Widerlegungen
gegen ihn vorgebracht wurden.

Daß also die Bernays'sche Behauptung in ihrer vorliegenden Fassung völlig unhaltbar ist, liegt nunmehr auf der Hand. Aristoteles muß nach Allem, was sich bei einer ver-
ständigen Interpretation seiner Schrift ergibt, nach Allem was eine unparteiische Würdigung der
zahlreichen Stimmen des Alterthums lehrt, die alte Komödie als eine vollberechtigte Unterart des kunstmäßigen Dramas anerkannt und berücksichtigt haben. In diesem Punkt hat Lessing
unbedingt Recht. Wie kommt es aber, daß man trotz der vortrefflichen Darlegung Lessing's
immer wieder nach jener irrthümlichen Auffassung zurückgegriffen hat? Besaß man denn überhaupt irgendwelche Gründe für dieses Verhalten? Sicherlich! Und zum Mindesten ebenso triftige
wie auf der andern Seite.

Wenn nämlich Lessing das Verdienst hat, mit Entschiedenheit hervorgehoben zu haben, daß
der Wortlaut der Poetik und die gesunde Vernunft keinen Zweifel aufkommen lassen über die
Thatsache der Anerkennung der alten Komödie von Seiten des Aristoteles, so hat dagegen Bernays nebst seinen Gesinnungsgenossen das nicht geringere Verdienst, mit Zähigkeit an der
Ueberzeugung festgehalten zu haben, daß die Anforderungen des Aristoteles an ein kunstgerechtes
Drama schlechterdings im Widerspruch stehen mit der Beschaffenheit der unter Aristophanes
Namen erhaltenen Stücke. Also beide haben Recht, beide haben Unrecht — bis zu einem gewissen Punkte. Und warum? Sehr einfach. Beide Parteien sind in ihren Folgerungen fehl
gegangen; vielleicht nur deßhalb, weil man beiderseits die Argumente des Gegners ignorirte,
statt sie genau zu erwägen. Nunmehr aber ist die Lösung des Räthsels freilich sehr einfach
(fast möchte man sagen, so einfach wie bei dem Ei des Kolumbus):

Aristoteles hat die alte Komödie seit Krates als eine der Tragödie ebenbürtige Unterart
des kunstmäßigen Dramas angesehen und ihre Dichter für wahrhafte Künstler im Sinne seiner
strengen Theorie gehalten. Allein die elf aristophanischen Komödien, welche auf unsere Zeit gekommen sind, sind eben nicht in der Gestalt erhalten, in welcher sie dem Aristoteles vorlagen. Sie
sind mittlerweile gründlich überarbeitet worden. Darum passen sie natürlich nicht mehr zu der
aristotelischen Theorie.

2.

Bei diesem Ergebniß könnte man unter gewöhnlichen Umständen sich immerhin beruhigen.
Allein da es sich hier um die gründliche Ausrottung eines tiefeingewurzelten Vorurtheils handelt,
so kann es dem Forscher nicht gleichgültig sein, daß auch noch unverächtliche Zeugnisse zweiten
Ranges vorhanden sind.

Es ist bekannt, daß die schon mehrfach erwähnte Lücke der aristotelischen Poetik durch die in einigen byzantinischen Excerpten enthaltenen Nachrichten über das Wesen und die Dichter der griechischen Komödie*) eine vortreffliche Ergänzung gefunden hat. Mehrere von diesen Excerpten beruhen augenscheinlich auf der Grundlage einer guten litterarhistorischen Ueberlieferung, d. h. auf den Schriften der Peripatetiker und Alexandriner, so z. B. III u. X**). An einem anderen, XI, hat Bernays***) mit großem Scharfsinn nachgewiesen, daß es schätzbare Trümmer der aristotelischen Kunstlehre in erheblicher Anzahl enthält.

Für unsere Frage ist unter allen diesen Excerpten zunächst beachtenswerth das VIII., dasselbe, welches die wichtigen Nachrichten über die bibliothekarischen Verhältnisse zur Zeit der Ptolemäer aufbewahrt hat. Es ist das umfangreichste von allen und bietet neben vielerlei Spreu doch auch nicht wenige Weizenkörner. Sein Verfasser hat, wie es scheint, Quellen benutzt, die der alexandrinischen Erudition unmittelbar entsprungen waren. †)

Nachdem derselbe die auch anderweitig ††) überlieferte Erzählung von dem Ursprung der Komödie vorangeschickt (wonach diese aus einer Art von Haberfeldtreiben der attischen Bauernburschen entstanden und später von den Athenern nicht bloß wegen ihrer Ergötzlichkeit, sondern auch wegen ihres moralischen Nutzens aufgenommen und gepflegt worden sei), folgt ein Abschnitt (§. 12—18), der eine Reihe von Definitionen und vergleichenden Characteristiken, die griechische Komödie betreffend, enthält. In der letzten Hälfte desselben (§. 17. 18), welche von den verschiedenen Arten des Komischen handelt, hat Bernays (a. a. O.) gleichfalls einige ächt aristotelische Bestimmungen erkannt.

Damit fällt immerhin ein Schimmer von Autorität auch auf die erste Hälfte (12—16), obwohl durchaus nicht in Abrede gestellt werden soll, daß gerade am Anfang dieses Abschnittes viel byzantinisches Geröll sich über und zwischen die ächten Trümmer geschoben hat und daß wir es hier zum Theil nur mit zusammengelesenen gelegentlichen Aeußerungen alter Gewährsmänner zu thun haben. †††)

---

*) Meineke fragm. com. gr. I. p. 531 sq. — Bergk ed. Ar. 1867 prolegg.

**) f. Bergk a. a. O. praef. zu XI.

***) Rhein. Muf. VIII. S. 583.

†) Bergk a. a. O. praef. Zu dem Abschnitt über die Theile der Komödie (§. 29 ff.) werden als Quelle genannt: Dionyfios, Krates und Eukleides.

††) Exc. IV. 1. 2. IX. 2 f. XIII. 7.

†††) Eine eingehende Sonderung derselben liegt nicht im Bereich unserer Aufgabe. Nur ein Punkt ist zu erwähnen. Zunächst findet sich hier (§. 12) eine Definition der Komödie. Daß es nicht die ursprünglich aristotelische sei, wird man Bernays unbedenklich zugeben, ohne sie darum mit diesem Kritiker (a. a. O. 569. Anm. 1.) nun auch für durchaus sinnlos zu erklären. Die Hauptbestimmung derselben: daß die Komödie die Nachahmung einer Handlung [oder wie es XI. 2 heißt einer scherzhaften Handlung] sei, kann mit Fug und Recht als aristotelisch angesehen werden. Gerade dieses Moment wird von Aristoteles so häufig als Kennzeichen des Dramas hervorgehoben, daß es fast undenkbar ist, eine aristotelische Definition der Komödie habe in andrer Form eingeleitet werden können.

Auch ist ja im Allgemeinen festzuhalten, daß bei der unsicheren Beschaffenheit dieser Excerpte eine vereinzelte Angabe, welche wohl gar anderen Zeugnissen auffällig widerspricht, immerhin verdächtig erscheinen muß, während dagegen die aus wiederholten Angaben oder aus größeren zusammenhängenden Partien als durchgehende Grundanschauungen der Excerptoren sich ergebenden Gedanken in der Regel die höchste Beachtung verdienen. Ein solcher Fall liegt uns aber in dem Abschnitt §. 14—16 unzweifelhaft vor.

Derselbe enthält*) nämlich eine Vergleichung zwischen der alten und der neuen Komödie. Hier mußte, soviel ist Jedermann einleuchtend, das fragliche Privilegium der alten Komödie erwähnt werden, wenn anders es von den Alten überhaupt betont worden war. Allein nicht eine Silbe deutet auf etwas derartiges hin. In klarer und bestimmter Form, die hin und wieder an aristotelischen Schematismus, an aristotelische Terminologie erinnert, werden fünf Unterscheidungspunkte der beiden Komödienstufen erörtert: die Zeit der Blüthe, die Sprache, der Stoff, das Versmaß und die Anlage oder Gestaltung der Fabel. **)

Aber Alles, was der Excerptor in Bezug auf den zuletzt erwähnten Punkt anzugeben wußte, beschränkt sich auf den einen Umstand, daß die neue Komödie der Chorgesänge entbehrte, welche in der alten gebräuchlich waren. Und man glaube nicht etwa durch den Vorwurf der Oberflächlichkeit und Willkür an dieser Stelle das Ansehen des Excerptors erschüttern zu können. Denn seine Aussage steht vollständig in Einklang mit einem andern Excerpt (I bei Bergk, aus einer Schrift des Platonios über den Unterschied der Komödiengattungen). Dasselbe handelt gleichfalls von der Verschiedenheit der alten und der mittleren Komödie, ja es hat diese Frage recht eigentlich zum Thema einer weitläufigen Erörterung gewählt.

Und was ist der Kern der ganzen Auseinandersetzung (I 15. 16. 17)? Man höre nur: Die alte Komödie unterschied sich von der mittleren 1. durch den Gebrauch der Chorgesänge, insbesondere der Parabasis, 2. durch ihre Stoffe, in denen in der Regel der politische Charakter dieses Lustspiels ausgeprägt war, d. h. seine Tendenz, die Schäden der Staatsverwaltung und die für das Gemeinwohl nachtheiligen Ausschreitungen und Anmaßungen der einzelnen Bürger offen und rücksichtslos dem Gelächter der Menge preißzugeben, während die mittlere Komödie nur verhüllte Anspielungen auf bekannte Persönlichkeiten machte, ihre Stoffe mit großer Mühe anders woher entlehnte und der Chorgesänge gänzlich entbehrte.

Auch der Verfasser des wichtigen III. Excerptes, das am eingehendsten von den Dichtern der drei Perioden der griechischen Komödie handelt, weiß als charakteristisches Moment der alten Komödie nur das hervorzuheben, daß damals die Dichter bei der Gestaltung ihrer [den Tages-

---

*) Er stimmt fast wörtlich überein mit Exc. V. Falls sich aber feststellen ließe, daß dieses abgerissene Fragment älter als das VIII. Exc. und von dem Verfasser des letzteren seinem Elaborate einfach einverleibt worden sei, so würde das Gewicht dieser Angaben noch erheblich gesteigert werden.

**) Daß hier διασκευή diese Bedeutung habe, läßt sich durch Dion Chrys. or. 52 p. 272 R. rechtfertigen. S. Meineke h. cr. p. 52.

7

ereigniffen entlehnten f. I 15] Stoffe nicht fowohl nach hiftorifcher Treue ftrebten, fondern vor allem ergötzliche Zurechtweifungen liefern wollten d. h. die Wahrheit dem komifchen Effekte opferten.*)

Nimmt man hierzu noch das von demfelben Excerptor (III 13) hervorgehobene phantaftifche Element der alten Komödie, den poetifchen Schwung und die Genialität der Auffaffungs-weife, ferner den Gebrauch der Portraitmasken (Exc. I 19) und endlich die Rückfichtslofigkeit der rohen Späffe, fo hat man fo ziemlich Alles, was fich aus diefen Quellen zur Kennzeichnung des Unterfchiedes zwifchen der alten und der jüngeren Komödiengattung herauslefen läßt. Es

*) Diefe Stelle ift die einzige, in welcher man ein Zeugniß für das angebliche Privilegium entdeckt haben wollte. Sie lautet (III. 3): οἱ μὲν οὖν τῆς ἀρχαίας κωμῳδίας ποιηταὶ οὐχ ὑποθέσεως ἀληθοῦς, ἀλλὰ παιδείας εὐτραπέλου γινόμενοι ζηλωταὶ τοὺς ἀγῶνας ἐποίουν. Fielitz de Attic. com. bipart. diss. Bonn 1866 p. 65 gibt, indem er gleich Nesemann de epis. Arist. p. 36 für παιδείας — παιδιᾶς lefen will, die Erläuterung: „veteres comici non propria quaeque vere dici possunt argumenta habent, sed operam impendunt iocorum atque facetiarum velocitati et acumini." Allein diefe Auffaf-fung, augenfcheinlich ein Ausfluß des Privilegiumsglaubens, ift ohne alle Berechtigung. Ob der Gramma-tiker παιδείας oder παιδιᾶς gefchrieben hat, bleibt für unfere Frage ziemlich gleichgültig. Letzteres wäre, wenn im Sinne der ariftotelifchen Theorie gefaßt, ganz annehmbar, für erfteres läßt fich eine Reihe von Zeug-niffen anführen, aus denen fich ergibt, daß das Wefen der alten Komödie ganz allgemein in die „Zurecht-weifung" gelegt zu werden pflegte (vergl. Ed. Müller Gefch. d. Theorie II. S. 425), daß fie als μάστιξ δημοσία gefürchtet war und daß die Dichter derfelben fich auf ihr Recht der öffentlichen Cenfur nicht wenig zu Gute thaten. Dagegen laffen die Worte ὑποθέσεως ἀληθοῦς nur eine Auslegung zu: wahrheitsgetreuer Stoff. Es wird dies von dem Grammatiker hervorgehoben, weil es für den Gegenfatz zwifchen der kunft-mäßigen Komödie und der jambiftifchen Dichtung, aus welcher jene hervorgewachfen und welche in dem ex-cerpirten Original wohl ausführlicher befprochen war, bezeichnend ift. Vergl. Exc. VIII. 2 ff. 16. IV. 1 f. IX. 2 f. XIII. 7 f. [V. 4 καὶ γὰρ — — κωμῳδίας ift werthlofe fpätere Zufügung] und die oben S. 33 ff. be-handelten Stellen des Arift oteles. Auch im Gegenfatz zu der Tragödie könnte der Grammatiker allenfalls die Bezeichnung ἀληθ. ὑποθ. gewählt haben, vergl. VIII. 13 und den Byzantiner Euanthius de co-moedia (bei Gronov. thes ant. gr. VIII. p. 1686. vrgl. auch Teuffel röm. Litt. 381, 7): Inter tragoediam autem et comoediam cum multa, tum inprimis hoc distat: quod — — postremo quod omnis co-moedia de fictis est argumentis: tragoedia saepe ab historica fíde petitur. Die Berufung auf eine andere Bemerkung des Euanthius (p. 1684): Comoedia fere vetus, ut ipsa quoque olim tragoedia, sim-plex carmen (quemadmodum jam diximus) fuit: (quod chorus circa aras fumantes nunc spatiatus, nunc consistens, nunc revolvens gyros, cum tibicine concinebat. Sed primo una persona substituta est cantoribus, quae respondens alternis choro, locupletavit variavitque rem musicam, tum altera etc.) quae tamen in ipsis ortus sui velut quibusdam incunabulis, et vixdum incipiens, κωμῳδία ἰτεώνιος καὶ ἀρχαία dicta est: ἀρχαία idcirco quia est de nobis parum cognitis vitiis [!], ἰτεώνιος autem, quia inest in ea velut historica fides verae narrationis et denominatio omnium, de quibus libere describebatur. Etenim per priscos poetas non ut nunc penitus ficta argumenta, sed res gestae a civibus palam cum eorum saepe qui gesserant, nomine decantabantur etc. dürfte fchwerlich berechtigen zu der Verdächtigung der Definition des griechifchen Grammatikers (III. 3), fie fei prorsus singularis atque perversa (F.) Denn die Erläuterungen, welche Euanthius den Ausdrücken der alten Kunftlehre bei-gefügt hat, wird kein Kritiker für beachtenswerth halten, der fich aus der ganzen Darftellung diefes Gram-matikers ein Urtheil über ihn gebildet hat. Zudem fcheint die Bezeichnung κωμ. ἰτεώνιος fich fonft nicht mehr nachweifen zu laffen.

ergibt sich mithin, daß die alten Aesthetiker und Litterarhistoriker diesen Unterschied sehr wohl kannten, auch eine Reihe klarer und bestimmter Merkmale, mitunter sogar feinere Nüancirungen geltend machten, daß ihnen aber so wenig wie dem Aristoteles von einer Berechtigung der alten Komödie, sich über die strengeren Compositionsgesetze der dramatischen Kunst hinwegzusetzen, etwas bekannt war. Gedenken sie doch eines derartigen Privilegiums nicht einmal da, wo dies sehr schwer zu vermeiden war, nämlich bei der Erwähnung gewisser aristophanischer Stücke, welche in späterer Zeit von den Dichtern der mittleren und der neuen Komödie als Muster für ihre besondere Kunstgattung ausgewählt wurden*).

Soweit war das Ergebniß immerhin nur ein negatives. Nun aber stoßen wir noch auf eine Angabe von ganz positiver Beweiskraft.

Auch innerhalb der alten Komödie selber, so fährt nämlich der Verfasser von Exc. VIII fort (§. 16), müsse man eine Scheidung vornehmen. Denn die ältesten Veranstalter von komischen Aufführungen in Attika — Susarion und seine Genossen — hätten ihre Personen ohne rechte Ordnung und ohne Zusammenhang**) auf die Bühne gebracht und ihre ganze Darstellung wäre lediglich auf den komischen Effect berechnet gewesen. Späterhin aber habe Kratinos die Zahl der Epeisodien [wörtl. „der Personen"] in der Komödie***) auf drei festgesetzt, der Regellosigkeit und Zusammenhangslosigkeit (ἀταξία) dieser Darstellungen ein Ende gemacht und zu der Annehmlichkeit derselben noch das Moment der praktischen Nutzbarkeit gefügt, indem er die Uebelthäter an den Pranger stellte und so die Komödie gewissermaßen als öffentliches Züchtigungsmittel verwerthete. „Aber immerhin hafteten auch an ihm noch die Spuren der ursprünglichen Unbeholfenheit und — wenn auch nur in ganz geringem Grade — der Regellosigkeit. Dahingegen hat freilich Aristophanes in ungleich vollendeterer Weise die Komödie nach den Regeln der Kunst (d. h. natürlich der dramatischen Kunst) behandelt und in Folge davon unter allen seinen Kunstgenossen die höchste Stufe des Ruhmes erklommen."

Sonach läßt der Grammatiker nicht nur die alte Komödie sich aus der anfänglichen Schwerfälligkeit in naturgemäßer Weise bis zu der seiner Meinung nach vollendeten und rühmlichst bekannten Technik des Aristophanes entwickeln, sondern er unterscheidet auch in diesem Entwicklungsgange nachdrücklich zwei Perioden: die der Unvollkommenheit oder der Stegreifversuche und die der technischen Vollendung. Den Uebergang zwischen beiden bildet ihm Kratinos. ****)

---

*) Exc. I. 8—10. 17. [V. 4] XII. 1. 10. — Nach IX. 8. VIII. 24 stehen sogar mehrere Dichter geradezu auf dem Boden beider Gattungen.

**) Die ἀταξία steht hier im Gegensatz zu der τάξις, der geordneten, kunstmäßigen Gestaltung des Stoffes.

***) Für πρόσωπα ist hier wohl unzweifelhaft ἐπεισόδια zu lesen, da Aristot. Poet. c. 5. jenem Wortlaut des Excerptes ausdrücklich widerspricht. Vergl. auch Meineke h. cr. p. 50.

****) Im Einklang mit dem Urtheil unseres Excerptors über Kratinos scheint die Notiz in Exc. II. 1, wo auch die Ungleichmäßigkeit und Ueberladung mancher Scenen hervorgehoben wird. Indessen darf man doch auf diese Stelle nicht allzu viel Gewicht legen. Daß das II. Exc. an Corruptelen leidet, ist schon von Meineke h. cr. p. 108 u. 55 (vgl. Bergk praef. ed. Ar.) angedeutet worden. Hier an unserer Stelle fragt man verwundert, wie derartige Bemerkungen über formale Composition in eine Schilderung der

Auch hier freilich sind die Angaben des Excerptors, obwohl an sich wichtig genug, nicht erschöpfend. Er hat, indem er an Susarion den Kratinos reihte, nach seiner Weise mancherlei übersprungen und mancherlei zusammengezogen (s. Exc. III). So ist z. B. Krates, welchen Aristoteles an die Spitze der kunstmäßigen Vertreter der Komödie stellt (s. oben S. 33 f.) gänzlich von ihm übergangen und statt seiner Kratinos hervorgehoben worden. Allein dadurch entsteht kein erheblicher Widerspruch zwischen beiden Gewährsmännern*). Kratinos hat allem Anscheine nach, worauf schon früher hingewiesen wurde, die technischen Neuerungen seines ehemaligen Schauspielers (der überhaupt nur eine sehr geringe Zahl von eignen Stücken zur Aufführung brachte) sich angeeignet und konnte alsdann in Anbetracht seiner dichterischen Fruchtbarkeit, seiner sonstigen hohen Begabung und namentlich seiner ungewöhnlichen Popularität von späteren Litterarhistorikern mit einigem Rechte statt jenes für den Begründer dieses Kunstfaches ausgegeben werden.

Wichtiger aber noch als dieses ist die Uebereinstimmung, welche zwischen unserem Excerptor und dem Aristoteles in Bezug auf die Beurtheilung des Aristophanes herrscht. Wie diesem in der Poetik (s. oben S. 43 f.) der Ehrenplatz neben Sophokles eingeräumt wird, so erfahren auch von Seiten des Grammatikers seine Verdienste um die strengere Handhabung der künstlerischen Regeln eine hohe Würdigung. Er steht auch nach dem Urtheil dieses Zeugen unzweifelhaft auf dem Höhepunct der kunstgerechten Entwicklung des komischen Dramas und gilt ihm als dessen würdigster Vertreter. Bedürfte es nach alledem noch weiterer Belege für unsere Ansicht, so könnten als solche, abgesehen von den übrigen rühmenden Aussprüchen des Alterthums, s. oben S. 42, auch die Urtheile anderer Excerptoren angeführt werden, welche ihn z. B. als den „vortrefflichsten Künstler“ (IV. 5. $\mathring{α}\varrho\iota\sigma\tauο\varsigma$ $\tau\varepsilon\chi\nu\acute{\iota}\tau\eta\varsigma$) und als den „weitaus Begabtesten unter den Komödiendichtern“ (III. 12. $\varepsilon\mathring{\upsilon}\varphi\upsilon\acute{\imath}\alpha$ $\pi\acute{α}\nu\tau\alpha\varsigma$ $\mathring{\upsilon}\pi\varepsilon\varrho\alpha\acute{\iota}\varrho\omega\nu$ vergl. XIII. 1. XIV. XV.) bezeichnen.

Welche Bedeutung aber diese und ähnliche Aeußerungen gewinnen, wenn man sie — und dem dürfte kaum etwas im Wege stehen — im Lichte der aristotelischen Kunstlehre betrachtet, bedarf keiner weiteren Darlegung.

Auch die Urtheile, welche Aristophanes selber mit nicht geringem Selbstgefühl hier und da über seine künstlerischen Leistungen und Bestrebungen laut werden läßt, müßten in diesem Zusammenhange noch zu seinen Gunsten verwerthet werden. Indessen ist der für diesmal unserer Untersuchung zugemessene Raum schon allzuweit überschritten. Und der ganze Fall scheint auch ohne diese Ergänzungen nunmehr spruchreif.

Wer heutzutage den Kunstwerth des Aristophanes wahrheitsgemäß beurtheilen will, sieht sich zwei einander direct widersprechenden Autoritäten gegenübergestellt. Auf der einen Seite

---

$\chi\alpha\varrho\alpha\kappa\tau\tilde{\eta}\varrho\varepsilon\varsigma$ hereinkommen. Das schleppende $\delta\iota\alpha\sigma\kappa\varepsilon\upsilon\alpha\tilde{\iota}\varsigma$ erinnert an die Stelle bei Dion Chrys. XXXII. p 391. Die Sache wird einer genaueren Erwägung zu unterwerfen sein, wenn es sich darum handelt, nachzuweisen, daß diejenigen Komödien des Kratinos, welche in der byzantinischen Zeit noch vorhanden waren (vergl. Exc. IX. 8), eine ähnliche Ueberarbeitung wie die des Aristophanes erfahren hatten.

*) Es bedarf daher zunächst nicht der Annahme, daß hier $K\varrho\alpha\tau\tilde{\imath}\nu\varsigma$ verschrieben sei für $K\varrho\acute{α}\tau\eta\varsigma$.

die festgeschlossene Reihe der Aussagen der griechischen Aesthetiker und Litterarhistoriker, die in der alten Komödie seit Krates, resp. Kratinos eine der Formlosigkeit der Ursprungsperiode entwachsene, der Tragödie völlig ebenbürtige und nach den Regeln der dramatischen Technik angelegte Kunstform sehen und die den Aristophanes ohne jede nennenswerthe Einschränkung für den Meister derselben erklären.

Auf der anderen Seite die wenigen auf unsere Zeit gelangten aristophanischen Komödien — etwa der vierte Theil der ursprünglichen Gesammtzahl — meistens Stücke, auf welche jene Urtheile schlechterdings nicht passen und welche vom Standpunct der alten Kunstlehre aus gewiß nicht als dramatische Kunstwerke bezeichnet werden können.

Hier gibt es keine Vermittlung. Die Ausflucht einiger Neueren, daß Aristophanes die kunstgerechte Dichtungsweise seiner Vorgänger wieder verlassen und sich auch als Dramatiker gleichsam willenlos der tollen Laune der dionysischen Festlust hingegeben habe, ist absurd; die Behauptung aber, daß Aristoteles die alte attische Komödie wegen der ihr zukommenden Ausnahmestellung, wegen ihres Privilegiums der Regellosigkeit und formalen Willkür, in seiner Theorie gar nicht berücksichtigt habe, ist geradezu falsch; das Alterthum wußte von einem solchen Privilegium überhaupt Nichts. Man muß sich einfach entscheiden, ob hier die indirecte oder die directe Ueberlieferung für maßgebend zu halten ist; die Entscheidung kann aber nicht anders ausfallen als zu Gunsten des Aristoteles und des antiken Urtheils überhaupt. Denn es ist nicht allzu schwierig vermittelst einer maßvollen kritischen Prüfung, die an der Hand der Fundamentalsätze der antiken Kunstlehre die überlieferten Stücke analysirt, zu zeigen, daß einzelne Partien derselben jenen Lehren vortrefflich entsprechen, daß aber die Gesammtfassung, die Totalität der angeblich aristophanischen Komödien nicht von einem Dichter herrühren kann dem Aristoteles den Rang eines wirklichen dramatischen Künstlers zuerkannt hat, — um so weniger, da es neben diesen inneren Gründen auch durchaus nicht an äußeren Zeugnissen der Unächtheit mangelt.

Derartige Nachweise sind in meinen „Untersuchungen“ bereits vorgelegt. Daß dort in allen Einzelheiten das Richtige getroffen wäre, bin ich weit entfernt zu glauben. Bei mancher dieser kritischen Zerlegungen mag etwas zu weit gegangen, bei mancher nicht die volle Consequenz der Sachlage hervorgehoben sein; dafür war es ein erster Versuch. Die Grundanschauung von der Verterbniß der überlieferten Stücke scheint mir aber die allein richtige.

Wohin dieselbe führen muß, kann freilich nicht zweifelhaft sein. Die Erkenntniß, daß wir statt der ächten Komödien des Aristophanes nur zusammengeflickte Trümmer und Umarbeitungen besitzen, wird Vielen herb und unerträglich dünken. Darf aber die Wissenschaft vor der Anerkennung einer Wahrheit zurückschrecken, weil dieselbe althergebrachte Vorurtheile und liebgewordene Täuschungen etwas unsanft bei Seite schiebt?

Darüber wird es möglicherweise eine Zeit lang viel Verwirrung, viel Aufregung geben. Aber auch die Klärung der Ansichten kann darnach nicht ausbleiben. Und das letzte Wort hat am Ende doch der — μηνυτὴς χρόνος.

Nachtrag.

Zu S. 31. Bergk prolegg. I. 10. τοιοῦτος οὖν ἐστιν ὁ τῆς μέσης κωμῳδίας τύπος, οἷός ἐστιν ὁ Αἰολοσίκων Ἀριστοφάνους καὶ οἱ Ὀδυσσεῖς Κρατίνου καὶ πλεῖστα τῶν παλαιῶν δραμάτων οὔτε χορικὰ οὔτε παραβάσεις ἔχοντα. cf. 17. τοιαῦτα δὲ δράματα καὶ ἐν τῇ παλαιᾷ κωμῳδίᾳ ἐστιν εὑρεῖν κτλ. XII. 1. πρῶτος δὲ [sc. ὁ Ἀριστοφάνης] καὶ τῆς νέας κωμῳδίας τὸν τρόπον ἐπέδειξεν ἐν Κωκάλῳ, ἐξ οὗ τὴν ἀρχὴν λαβόμενοι Μένανδρός τε καὶ Φιλήμων ἐδραματούργησαν. — — 10. ἐγένετο δὲ καὶ αἴτιος ζήλου τοῖς νέοις κωμικοῖς, λέγω δὲ Φιλήμονι καὶ Μενάνδρῳ. ψηφίσματος γὰρ γενομένου χορηγικοῦ ὥστε μὴ ὀνομαστὶ κωμῳδεῖν τινα, καὶ τῶν χορηγῶν οὐκ ἀντεχόντων πρὸς τὸ χορηγεῖν, καὶ παντάπασιν ἐκλελοιπυίας τῆς ὕλης τῶν κωμῳδιῶν — — — ἔγραψε Κώκαλον, ἐν ᾧ εἰσάγει φθορὰν καὶ ἀναγνωρισμὸν καὶ τἆλλα πάντα ἃ ἐζήλωσε Μένανδρος. V. 4. [ὁ Ἀριστοφάνης] πᾶσαν κωμῳδίαν ἐμελέτησε. [καὶ γὰρ τὸ τούτου δρᾶμα ὁ Πλοῦτος νεωτερίζει κατὰ τὸ πλάσμα. κτλ.]

Zu S. 31. Athen. VI. 222. μακάριόν ἐστιν ἡ τραγῳδία ‖ ποίημα κατὰ πάντ᾿. εἴγε πρῶτον οἱ λόγοι ‖ ὑπὸ τῶν θεατῶν εἰσιν ἐγνωρισμένοι, ‖ πρὶν καί τιν᾿ εἰπεῖν, ὡς ὑπομνῆσαι μόνον ‖ δεῖ τὸν ποιητήν. Οἰδίπουν γὰρ ἂν μόνον ‖ φῶ, τἆλλα πάντ᾿ ἴσασιν· ὁ πατὴρ Λάιος, ‖ μήτηρ Ἰοκάστη, θυγατέρες, παῖδες τίνες, ‖ τί πείσεθ᾿ οὗτος, τί πεποίηκεν. ἂν πάλιν ‖ εἴπῃ τις Ἀλκμέωνα, καὶ τὰ παιδία ‖ πάντ᾿ εὐθὺς εἴρηχ᾿, ὅτι μανεὶς ἀπέκτονεν ‖ τὴν μητέρ᾿, ἀγανακτῶν δ᾿ Ἄδραστος εὐθέως ‖ ἥξει, πάλιν τ᾿ ἄπεισι. ἔπειθ᾿, ὅταν μηδὲν δύνωντ᾿ εἰπεῖν ἔτι, ‖ κομιδῇ δ᾿ ἀπειρήκωσιν ἐν τοῖς δράμασιν, ‖ αἴρουσιν ὥσπερ δάκτυλον τὴν μηχανήν, ‖ καὶ τοῖς θεωμένοισιν ἀποχρώντως ἔχει. ‖ ἡμῖν δὲ ταῦτ᾿ οὐκ ἔστιν, ἀλλὰ πάντα δεῖ εὑρεῖν, ὀνόματα καινά, τὰ διῳκημένα ‖ πρότερον, τὰ νῦν παρόντα, τὴν καταστροφήν, ‖ τὴν εἰσβολήν. ἂν ἕν τι τούτων παραλίπῃ ‖ Χρέμης τις ἢ Φείδων τις ἐκσυρίττεται. ‖ Πηλεῖ δὲ πάντ᾿ ἔξεστι καὶ Τεύκρῳ ποιεῖν.

Zu S. 32. Bergk prolegg. III. 18. κατασχολοῦντα, δὲ πάντες περὶ τὰς ὑποθέσεις. Plut. de glor. Athen. c. IV. λέγεται δὲ καὶ Μενάνδρῳ τῶν συνήθων τις εἰπεῖν. Ἐγγὺς οὖν, Μένανδρε, τὰ Διονύσια, καὶ σὺ τὴν κωμῳδίαν οὐ πεποίηκας; τὸν δὲ ἀποκρίνασθαι. Νὴ τοὺς θεοὺς ἔγωγε πεποίηκα τὴν κωμῳδίαν· ᾠκονόμηται γὰρ ἡ διάθεσις· δεῖ δ᾿ αὐτῇ τὰ στιχίδια ἐπᾶσαι. Ὅτι καὶ αὐτοὶ τὰ πράγματα τῶν λόγων ἀναγκαιότερα καὶ κυριώτερα νομίζουσιν. Hor. ep. II. 1. 168. Creditur, ex medio quia res arcessit, habere sudoris minimum, sed habet comoedia tanto plus oneris, quanto veniae minus.

Zu S. 33. *) Poet. c. 4. 1449 a 9. γενομένης οὖν ἀπ᾿ ἀρχῆς αὐτοσχεδιαστικῆς, καὶ αὐτὴ καὶ ἡ κωμῳδία καὶ ἡ μὲν ἀπὸ τῶν ἐξαρχόντων τὸν διθύραμβον, ἡ δὲ ἀπὸ τῶν τὰ φαλλικά, ἃ ἔτι καὶ νῦν ἐν πολλαῖς τῶν πόλεων διαμένει νομιζόμενα, κατὰ μικρὸν ηὐξήθη προαγόντων ὅσον ἐγίγνετο φανερὸν αὐτῆς, καὶ πολλὰς μεταβολὰς μεταβαλοῦσα ἡ τραγῳδία ἐπαύσατο, ἐπεὶ ἔσχε τὴν αὑτῆς φύσιν.

**) Poet. c. 5. 1449 a. 37. αἱ μὲν οὖν τῆς τραγῳδίας μεταβάσεις, καὶ δι᾿ ὧν ἐγένοντο, οὐ λελήθασιν, ἡ δὲ κωμῳδία διὰ τὸ μὴ σπουδάζεσθαι ἐξ ἀρχῆς ἔλαθεν. καὶ γὰρ χορὸν κωμῳδῶν ὀψέ ποτε ὁ ἄρχων ἔδωκεν, ἀλλ᾿ ἐθελονταὶ ἦσαν. ἤδη δὲ σχήματά τινα αὐτῆς ἐχούσης οἱ λεγόμενοι αὐτῆς ποιηταὶ μνημονεύονται. τίς δὲ πρόσωπα ἀπέδωκεν ἢ προλόγους ἢ πλήθη ὑποκριτῶν καὶ ὅσα τοιαῦτα, ἠγνόηται. τὸ δὲ μύθους ποιεῖν Ἐπίχαρμος καὶ Φόρμις· τὸ μὲν ἐξ ἀρχῆς ἐκ Σικελίας ἦλθεν, τῶν δὲ Ἀθήνησιν Κράτης πρῶτος ἦρξεν ἀφέμενος τῆς ἰαμβικῆς ἰδέας καθόλου ποιεῖν λόγους καὶ μύθους.

***) Bergk prolegg. III. 5. [Ἐπίχαρμος]. οὗτος πρῶτος τὴν κωμῳδίαν διερριμμένην ἀνεκτήσατο πολλὰ προσφιλοτεχνήσας. χρόνοις δὲ γέγονε κατὰ τὴν ογ´ Ὀλυμπιάδα, τῇ δὲ ποιήσει γνωμικὸς καὶ εὑρετικὸς καὶ φιλότεχνος. III. 8. Κράτης Ἀθηναῖος. τοῦτον ὑποκριτὴν φασι γεγονέναι τὸ πρῶτον, ὃς ἐπιβέβληκε Κρατίνῳ, πάνυ γέλοιος καὶ ἱλαρὸς γινόμενος, καὶ πρῶτος μεθύοντας ἐν κωμῳδίᾳ προήγαγε. [Athen. X. 429 a. ἀγνοοῦσί τε οἱ λέγοντες πρῶτον Ἐπίχαρμον ἐπὶ τὴν σκηνὴν παραγαγεῖν μεθύοντα, μεθ᾿ ὃν Κράτητα ἐν Γείτοσι.] III. 9. Φερεκράτης Ἀθηναῖος νικᾷ ἐπὶ θεάτρου γινόμενος, ὁ δὲ ὑποκριτὴς ἐζήλωκε Κράτητα, [Bergk: νικᾷ ἐπὶ

Θεοδώρου, γενόμενος δὲ ὑποκρ.]καὶ αὖ τοῦ μὲν λοιδορεῖν ἀπέστη, πράγματα δὲ εἰσηγούμενος καινὰ ηὐδοκίμει, γενόμενος εὑρετικὸς μύθων.

Zu S. 34. Poet. c. 17. 1455 a 34. [του]ρούς τε λόγους καὶ τοὺς πεποιημένους δεῖ καὶ αὑτὸν ποιοῦντα ἐκτίθεσθαι καθόλου, εἶθ᾽ οὕτως ἐπεισοδιοῦν καὶ περιτείνειν. λέγω δὲ οὕτως ἂν θεωρεῖσθαι τὸ καθόλου, οἷον τῆς Ἰφιγενείας τυθείσης τινὸς κόρης· καὶ ἀφανισθείσης ἀδήλως τοῖς θύσασιν, ἱδρυνθείσης δὲ εἰς ἄλλην χώραν, ἐν ᾗ νόμος ἦν τοὺς ξένους θύειν τῇ θεῷ, ταύτην ἔσχε τὴν ἱερωσύνην· χρόνῳ δὲ ὕστερον τῷ ἀδελφῷ συνέβη ἐλθεῖν τῆς ἱερείας (τὸ δὲ ὅτι ἀνεῖλεν ὁ θεὸς διά τινα αἰτίαν ἔξω τοῦ καθόλου ἐλθεῖν ἐκεῖ, καὶ ἐφ᾽ ὅτι δέ, ἔξω τοῦ μύθου). ἐλθὼν δὲ καὶ ληφθεὶς θύεσθαι μέλλων ἀνεγνώρισεν, εἴθ᾽ ὡς Εὐριπίδης εἴθ᾽ ὡς Πολύειδος ἐποίησεν, κατὰ τὸ εἰκὸς εἰπὼν ὅτι οὐκ ἄρα μόνον τὴν ἀδελφὴν ἀλλὰ καὶ αὐτὸν ἔδει τυθῆναι. καὶ ἐντεῦθεν ἡ σωτηρία. μετὰ ταῦτα δὲ ἤδη ὑποθέντα τὰ ὀνόματα ἐπεισοδιοῦν, ὅπως δὲ ἔσται οἰκεῖα τὰ ἐπεισόδια, οἷον [ἐν] τῷ Ὀρέστῃ ἡ μανία δι᾽ ἧς ἐλήφθη, καὶ ἡ σωτηρία διὰ τῆς καθάρσεως. ἐν μὲν οὖν τοῖς δράμασι τὰ ἐπεισόδια σύντομα, ἡ δ᾽ ἐποποιία τούτοις μηκύνεται.

c. 9. 1451 b. 8—26. ἔστι δὲ καθόλου μέν, τῷ ποίῳ τὰ ποῖα ἄττα συμβαίνει λέγειν ἢ πράττειν κατὰ τὸ εἰκὸς ἢ τὸ ἀναγκαῖον, οὗ στοχάζεται ἡ ποίησις ὀνόματα ἐπιτιθεμένη· τὸ δὲ καθ᾽ ἕκαστον, τί Ἀλκιβιάδης ἔπραξεν ἢ τί ἔπαθεν. ἐπὶ μὲν οὖν τῆς κωμῳδίας ἤδη τοῦτο δῆλον γέγονεν· συστήσαντες γὰρ τὸν μῦθον διὰ τῶν εἰκότων οὕτω τὰ τυχόντα ὀνόματα ὑποτιθέασιν, καὶ οὐχ ὥσπερ οἱ ἰαμβοποιοὶ περὶ τὸν καθ᾽ ἕκαστον ποιοῦσιν. ἐπὶ δὲ τῆς τραγῳδίας τῶν γενομένων ὀνομάτων ἀντέχονται. αἴτιον δ᾽ ὅτι πιθανόν ἐστι τὸ δυνατόν· τὰ μὲν οὖν μὴ γενόμενα οὔπω πιστεύομεν εἶναι δυνατά, τὰ δὲ γενόμενα φανερὸν ὅτι δυνατά· οὐ γὰρ ἂν ἐγένετο, εἰ ἦν ἀδύνατα. οὐ μὴν ἀλλὰ καὶ ἐν ταῖς τραγῳδίαις ἐνίαις μὲν ἓν ἢ δύο τῶν γνωρίμων ἐστὶν ὀνομάτων, τὰ δὲ ἄλλα πεποιημένα, ἐν ἐνίαις δὲ οὐδέν, οἷον ἐν τῷ Ἀγάθωνος Ἄνθει· ὁμοίως γὰρ ἐν τούτῳ τά τε πράγματα καὶ τὰ ὀνόματα πεποίηται, καὶ οὐδὲν ἧττον εὐφραίνει. ὥστ᾽ οὐ πάντως εἶναι ζητητέον τῶν παραδεδομένων μύθων, περὶ οὓς αἱ τραγῳδίαι εἰσίν, ἀντέχεσθαι. καὶ γὰρ γελοῖον τοῦτο ζητεῖν, ἐπεὶ καὶ τὰ γνώριμα ὀλίγοις γνώριμά ἐστιν, ἀλλ᾽ ὅμως εὐφραίνει πάντας.

Top. VIII. 11. 161 a 30. οὐδὲν γὰρ κωλύει τινὶ δοκεῖν τὰ μὴ ὄντα μᾶλλον τῶν ἀληθῶν.

Plut. de glor. Athen. c. IV. καὶ γὰρ ἡ ποιητικὴ χάριν ἔσχε καὶ τιμὴν [τῷ] τοῖς πεπραγμένοις ἐοικότα λέγειν· ὡς Ὅμηρος ἔφη· Ἴσκε ψεύδεα πολλὰ λέγειν ἐτύμοισιν ὁμοῖα. Ὁ δὲ μῦθος εἶναι βούλεται λόγος ψευδὴς ἐοικὼς ἀληθινῷ· διὸ καὶ πολὺ τῶν ἔργων ἀφέστηκεν, εἰ λόγος μὲν ἔργου, καὶ λόγου δὲ μῦθος εἰκὼν καὶ εἴδωλόν ἐστι. Καὶ τοσοῦτον τῶν ἱστορούντων οἱ πλάττοντες τὰς πράξεις ὑστεροῦσιν, ὅσον ἀπολείπονται τῶν πραττόντων οἱ λέγοντες.

Zu S. 37. Poet. c. 4. 1448 b. 32. καὶ ἐγένοντο τῶν παλαιῶν οἱ μὲν ἡρωικῶν οἱ δὲ ἰάμβων ποιηταί. ὥσπερ δὲ καὶ τὰ σπουδαῖα μάλιστα ποιητὴς Ὅμηρος ἦν (μόνος γὰρ οὐχ ὅτι εὖ, ἀλλ᾽ ὅτι καὶ μιμήσεις δραματικὰς ἐποίησεν), οὕτως καὶ τὰ τῆς κωμῳδίας σχήματα πρῶτος ὑπέδειξεν, οὐ ψόγον ἀλλὰ τὸ γελοῖον δραματοποιήσας. ὁ γὰρ Μαργίτης ἀνάλογον ἔχει, ὥσπερ Ἰλιὰς καὶ ἡ Ὀδύσσεια πρὸς τὰς τραγῳδίας, οὕτω καὶ οὗτος πρὸς τὰς κωμῳδίας. παραφανείσης δὲ τῆς τραγῳδίας καὶ κωμῳδίας οἱ ἐφ᾽ ἑκατέραν τὴν ποίησιν ὁρμῶντες κατὰ τὴν οἰκείαν φύσιν οἱ μὲν ἀντὶ τῶν ἰάμβων κωμῳδοποιοὶ ἐγένοντο, οἱ δὲ ἀντὶ τῶν ἐπῶν τραγῳδοδιδάσκαλοι, διὰ τὸ μείζονα καὶ ἐντιμότερα τὰ σχήματα εἶναι ταῦτα ἐκείνων. — Themist. XXVII. p. 406. ἀλλ᾽ οὐδὲν ἴσως κωλύει τὰ παρ᾽ ἑτέροις ἀρχὴν λαβόντα πλείονος σπουδῆς παρ᾽ ἄλλοις τυγχάνειν, ἐπεὶ καὶ κωμῳδία τὸ παλαιὸν ἤρξατο μὲν ἐκ Σικελίας· ἐκεῖθεν γὰρ ἤστην Ἐπίχαρμός τε καὶ Φόρμος· κάλλιον δὲ Ἀθήναζε [!] συνηυξήθη.

Zu S. 43. †) Poet. c. 3. 1448 a 18. ἔτι δὲ τούτων τρίτη διαφορὰ τὸ ὡς ἕκαστα τούτων μιμήσαιτο ἄν τις. καὶ γὰρ ἐν τοῖς αὐτοῖς καὶ τὰ αὐτὰ μιμεῖσθαι ἔστιν ὁτὲ μὲν ἀπαγγέλλοντα, ἢ ἕτερόν τι γιγνόμενον, ὥσπερ Ὅμηρος ποιεῖ, ἢ ὡς τὸν αὐτὸν καὶ μὴ μεταβάλλοντα, ἢ πάντας ὡς πράττοντας καὶ ἐνεργοῦντας τοὺς μιμουμένους. ἐν τρισὶ δὴ ταύταις διαφοραῖς ἡ μίμησίς ἐστιν, ὡς εἴπομεν κατ᾽ ἀρχάς, ἐν οἷς τε (καὶ ἃ) καὶ ὥς. ὥστε τῇ μὲν ὁ αὐτὸς ἂν εἴη μιμητὴς Ὁμήρῳ Σοφοκλῆς, μιμοῦνται γὰρ ἄμφω σπουδαίους, τῇ δὲ Ἀριστοφάνει, πράττοντας γὰρ μιμοῦνται καὶ δρῶντας ἄμφω.

Zu S. 44. **) Eth. Nikom. IV. c. 14. 1128 a 20: ἡ τοῦ [ἐλευθερίου παιδιὰ διαφέρει τῆς τοῦ ἀνδραποδώδους καὶ αὖ τοῦ πεπαιδευμένου καὶ ἀπαιδεύτου. ἴδοι δ᾿ ἄν τις καὶ ἐκ τῶν κωμῳδιῶν [κωμῳδῶν Meineke] τῶν παλαιῶν καὶ τῶν καινῶν. τοῖς μὲν γὰρ ἦν γελοῖον ἡ αἰσχρολογία, τοῖς δὲ μᾶλλον ἡ ὑπόνοια· διαφέρει δ᾿ οὐ μικρὸν ταῦτα πρὸς εὐσχημοσύνην.

Zu S. 48. Exc. VIII. 12. ἔστι δὲ ἡ κωμῳδία μίμησις πράξεως καθαρωτέρας παθημάτων, συστατικὴ τοῦ βίου, διὰ γέλωτος καὶ ἡδονῆς τυπουμένη. [cf. VIII. 1. IX. 1. 2.] — 13. διαφέρει δὲ ἡ τραγῳδία κωμῳδίας, ὅτι ἡ μὲν τραγῳδία ἱστορίαν ἔχει καὶ ἀπαγγελίαν πράξεων γενομένων, καὶ ὡς ἤδη γινομένας σχηματίζῃ αὐτάς. ἡ δὲ κωμῳδία πλάσματα περιέχει βιωτικῶν πραγμάτων. [καὶ ὅτι τῆς μὲν τραγῳδίας σκοπὸς τὸ εἰς θρῆνον κινῆσαι τοὺς ἀκροατάς, τῆς δὲ κωμῳδίας εἰς γέλωτα.] — 14. Καὶ πάλιν καθ᾿ ἑτέραν διαίρεσιν τῆς κωμῳδίας τὸ μέν ἐστιν ἀρχαῖον, τὸ δὲ νέον [τὸ δὲ μέσον]. διαφέρει οὖν τῆς νέας ἡ παλαιὰ κωμῳδία χρόνῳ, διαλέκτῳ, ὕλῃ, μέτρῳ, διασκευῇ. — 15. χρόνῳ μέν, καθὸ ἡ μὲν νέα ἐπὶ Ἀλεξάνδρου ἦν, ἡ δὲ παλαιὰ ἐπὶ τῶν Πελοποννησιακῶν εἶχε τὴν ἀκμήν. διαλέκτῳ δέ, καθὸ ἡ μὲν νέα τὸ σαφέστερον ἔσχε, τῇ νέᾳ κεχρημένη Ἀτθίδι, ἡ δὲ παλαιὰ τὸ δεινὸν καὶ ὑψηλὸν τοῦ λόγου, ἐνίοτε δὲ καὶ ἐπιτηδεύουσα λέξεις τινάς. ὕλῃ δέ, *** [Meineke ergänzt die Lücke wohl nicht ganz zutreffend durch die Worte: καθὸ ἡ μὲν νέα οὐκ ἀληθεῖς ἔχει τὰς ὑποθέσεις, ἡ δὲ παλαιὰ ἀληθεῖς, μέτρῳ δὲ] καθὸ ἡ μὲν νέα τῷ ἰαμβικῷ μέτρῳ ἐπὶ πλεῖστον χρῆται, σπανίως δὲ καὶ ἑτέροις μέτροις, τῇ δὲ παλαιᾷ πολυμετρία τὸ σπουδαζόμενον. διασκευῇ δέ, ὅτι ἐν μὲν τῇ νέᾳ χορῶν οὐκ ἔδει, ἐν ἐκείνῃ δὲ καὶ μάλιστα.

Zu S. 49. Exc. I. 15. οἱ δὲ τῆς μέσης κωμῳδίας ποιηταὶ καὶ τὰς ὑποθέσεις ἤμειψαν καὶ τὰ χορικὰ μέλη παρέλιπον, οὐκ ἔχοντες τοὺς χορηγοὺς τοὺς τὰς δαπάνας τοῖς χορευταῖς παρέχοντας. ὑποθέσεις μὲν γὰρ τῆς μὲν παλαιᾶς κωμῳδίας ἦσαν αὗται, τὸ στρατηγοῖς ἐπιτιμᾶν καὶ δικασταῖς οὐκ ὀρθῶς δικάζουσι καὶ χρήματα συλλέγουσιν ἐξ ἀδικίας τισὶ καὶ μοχθηρὸν ἐπανῃρημένοις βίον. 16. ἡ δὲ μέση κωμῳδία ἀφῆκε τὰς τοιαύτας ὑποθέσεις, ἐπὶ δὲ τὸ σκώπτειν ἱστορίας ῥηθείσης ποιηταῖς ἦλθον. ἀνεύθυνον γὰρ τὸ τοιοῦτον, οἷον διασύρειν Ὅμηρον εἰπόντα τι ἢ τὸν δεῖνα τῆς τραγῳδίας ποιητήν. 17. τοιαῦτα δὲ δράματα καὶ ἐν τῇ παλαιᾷ κωμῳδίᾳ ἔστιν εὑρεῖν, ἅπερ τελευταῖον ἐδιδάχθη λοιπὸν τῆς ὀλιγαρχίας κρατυνθείσης. οἱ γοῦν Ὀδυσσεῖς Κρατίνου οὐδενὸς ἐπιτίμησιν ἔχουσι, διασυρμὸν δὲ τῆς Ὀδυσσείας τοῦ Ὁμήρου.

Zu S. 50. Exc. III. 13. Τῆς δὲ μέσης κωμῳδίας οἱ ποιηταὶ πλάσματος μὲν οὐχ ἥψαντο ποιητικοῦ, διὰ δὲ τῆς συνήθους ἰόντες λαλιᾶς λογικὰς ἔχουσι τὰς ἀρετάς, ὥστε σπάνιον ποιητικὸν εἶναι χαρακτῆρα παρ᾿ αὐτοῖς. κατασχολοῦνται δὲ πάντες περὶ τὰς ὑποθέσεις.

Zu S. 51. VIII. 16 (vgl. V. 3) Καὶ αὐτὴ δὲ ἡ παλαιὰ ἑαυτῆς διαφέρει· καὶ γὰρ οἱ ἐν τῇ Ἀττικῇ πρῶτον συστησάμενοι τὸ ἐπιτήδευμα τῆς κωμῳδίας - ἦσαν δὲ οἱ περὶ Σουσαρίωνα - τὰ πρόσωπα ἀτάκτως εἰσῆγον καὶ γέλως ἦν μόνος τὸ κατασκευαζόμενον. ἐπιγενόμενος δὲ Κρατῖνος κατέστησε μὲν πρῶτον τὰ ἐν τῇ κωμῳδίᾳ πρόσωπα μέχρι τριῶν, στήσας τὴν ἀταξίαν καὶ τῷ χαρίεντι τῆς κωμῳδίας τὸ ὠφέλιμον προσέθηκε τοὺς κακῶς πράσσοντας διαβάλλων καὶ ὥσπερ δημοσίᾳ μάστιγι τῇ κωμῳδίᾳ κολάζων. ἀλλ᾿ ἔτι μὲν καὶ οὗτος τῆς ἀρχαιότητος μετεῖχε καὶ ἠρέμα πως τῆς ἀταξίας. ὁ μέντοι γε Ἀριστοφάνης μεθοδεύσας τεχνικώτερον τὴν κωμῳδίαν, ἐν ταύτῃ διέλαμψεν ἐν ἅπασιν ἐπίσημος φανείς.

Berichtigungen. Zu S. 19. **) erg. c. 13. 1452 b 30. 1453 a 12. 30; zu ***) erg. Poet. c. 16. 1454 b 30. 1455 a 16. — c. 25. 1461 b 9—25. — Zu S. 22. ***) erg. Gef. IV. 719; — †) l. Problem. XXX. 1. — Zu S. 23. **) l. Poet. c. 4. 1448 b 8. 20—27; — ***) l. de Soph. el. XXXIII. 183 b 17; Polit. I. 2. 1253. — Zu S. 24. †) erg. Poet. c. 13. 1453 a 34. — Zu S. 32. *) l. Bergk prolegg. III. 13; Plut. de glor. Athen. c. 4. — Zu S. 34. †) erg. Top. VIII. 11. 161 a 30 [Poet. c. 18. 1456 a 21. vergl. Rhet. II. 24. 1402 a 7]; Plut. de glor. Athen. c. 4 Anf. u. Schl., c. 5; de audiend. poet. c. 2; Anecb. Bekk. II. 753; Aristot. bei Diogen. Laert. VIII. 57. — Zu S. 38. **) v. Leutsch Die lücken und interpolationen in Arist. Froeschen nebst einem versuch über den entwicklungsgang der griech. komoedie I. Abth. Philol. Supplem. I. S. 91 f. stellt die Kunstfertigkeit des Susarion sehr hoch. — Zu S. 39. *) erg. Plat. Phileb. p. 49 e, 50 a b; Phaedon 97 d. — ***) l. Poet. c. 2. 1448 a. 1. 16.

Von demselben Verfasser ist in dem Verlag von Heyder & Zimmer in Frankfurt am Main 1871 erschienen:

Untersuchungen über das griechische Drama. I. Th. Aristophanes. 8° geh. Preis: 1 Thlr.